明けない夜はない

脳損傷からの生還

鈴木朋子
Tomoko Suzuki

丸善プラネット

はじめに

新宿御苑で花見をしたあの時から、四年過ぎた二〇二〇年春、やっと発症からの日々をこのような形で、まとめることができることを、大変うれしく思っている。家庭復帰だけでなく、大学教員としての復職もかない、この上ない幸せ者と思いつつも、相変わらず、左半身に麻痺が残り、スポーツができない状況であること、ピアノなどの楽器演奏ができないことなど多くのことができないままである。家事も随分スローテンポなので、家族、特に夫に日々たくさんの負担をかけている。本職だけでも忙しいのに、退職後のことを念頭に置いて、大学院の勉強を始めた彼にとって、私は本当に重荷であったと思う。定期的にリハビリに通うサポートをしてくれ、主夫となり、帰宅時には職場に迎えにより、買い物も率先してしてくれている。妻は、時折、転倒やら、携帯などの紛失、すっぽかしなどうっかり失敗をしでかす。注意すると、妻は時に食ってかかってくる。もうやってられない！　いくら尽くしても報われない！　と思ってきたに違いない。

だから私はこの闘病記を感謝の思いとともに誰よりも夫にささげたいと思っている。私が強く困難に立ち向かってこれたのは、夫の確固とした支えがあったからに他ならない。あの頃は大変だったね、と笑顔で語り合える日が来ることを、またいつか、一緒にのんびり旅行ができる日が来ることを願いながら、今しばらく、この厳しくもかけがえのない日々を夫と子供たちと過ごしていきたいと思っている。

二〇二〇年三月二二日　鈴木朋子

出版に寄せて

朋子さんが染め上げた一枚目のスカーフ

朋子さんとのお付き合いは三十年余になります。お付き合いで感じる朋子さんは、喩えるなら、絹のスカーフのような人です。

肌触りは優しく、光沢があり、しわができてもいつの間にか元のしなやかさを取り戻している（ふんわり、優しい、めげない、芯が強い）。

ふるさと渥美半島の太平洋の海の色と春に咲く一面の菜の花畑のイエローが基調（人にも、時間にも非常におおらか）。絵柄は渥美半島の秋の夜の風物詩、電照菊ハウス群の幻想的な灯りです（灯りは臨床から教育へと活動の場を広げ、豊かな人脈に支えられた様々な研究と活動の数々）。

朋子さんと私の共通の活動は、失語症を持つ方々を支援する人の輪を広げることでした。その第一歩が、二〇〇四年の第一回失語症会話パートナー養成講座の開催でした。本書の一章に綴られているように、支援の輪は今も着実に広がっています。朋子さんの貢献は絶大でした。平成時代の朋子スカーフを完成させましたね。

令和の時代に作る二枚目の朋子スカーフ

突然の病魔の発現と手術、それから四年経ったのですね。粘り強く、詳細に書き続けた記録が、闘病記としてまとめられました。丁寧で分かりやすく、朋子さんの優しさがあふれ、読む者の心に響きます。

二枚目のスカーフの基調の色は、闘病記に書かれている応援団の声援の色、暖色系のオレンジでしょうか。二、三か月に一度二時間近くにもなる朋子さんとのおしゃべりには、病前と変わらぬ熱くて強い思いが満ち満ちています。

朝早くから時に夜遅くまで、仕事に、家事に、リハビリに懸命に頑張っている朋子さんです。が本書にも書かれているように、転倒事件がいくつかあり、それが、ご家族、周囲の者の最大の心配の種ではないでしょうか。

After corona, with coronaの時代を迎え、否応なく私たちの生活は変化を求められています。

頑張り過ぎず、長生きして、温かくてゆったりした、心地よい「令和の朋子スカーフ」をたくさんの仲間の肩に掛けてください。私も長生きして、二枚目の朋子スカーフの感触を楽しみたいと思っています。

もう一つ、私たちの目標である、ながーい失語症の方々とのおつきあい、それを続けていると、いつの間にかサポートする立場から、サポートされ、生かされている幸せを感じますよね。今後も変わらぬ思いで！　今まさにそれを実感している、半世紀、失語症の方々と歩んできた仲間からの切なるお願いです。

ふきのとう　藤田菊江

目次

はじめに
出版に寄せて　藤田菊江
《第1章》青天の霹靂～でも大丈夫、何とかなる！～　01
I．発症～治療開始　02
一　学内実習後の一大事
二　救急車にて愛知医大搬送
三　ＭＲＩ後の診断
四　思い当たること（前兆）
五　グリオーマとの闘い開幕
六　グリオーマについて
七　愛知医大での判断

八　セカンドオピニオン
九　女子医大受診
十　治療準備

Ⅱ．入院〜手術　14

一　教会への報告
二　関連情報
三　仕事への思い
四　私を導いてくださった先生方
五　東京へ出発
六　手術前夜
七　手術を終えて
八　術後の朦朧期
九　リハビリ開始
十　ベッドからの落下事件
十一　回復を支えるもの
十二　最強の応援団
十三　家族の支援

十四　友人らの支援
十五　細胞検でのシビアな結果
十六　放射線療法開始
十七　外出・外泊訓練、そして退院

《第2章》復職を目指して ~リハビリは健やかな毎日の中に~　47

Ⅲ．在宅~再入院　48

一　退院はしたものの……
二　愛知医大への再入院
三　愛知医大にてリハビリ開始
四　補足運動野（前述）疑惑……
五　患者さんたちへの思い
六　バリアフリーについて
七　在宅での困りごと&受けたい支援
八　肩の痛みについて
九　幸せスイッチとつなぐ方法
十　高次脳機能障害のこと

十一　両手でないとできないこと
十二　かからなかったドクターストップ

《第3章》復職はしたものの　～大丈夫！　壁は超えられるはず！～　71

Ⅳ. 職場復帰後　72

一　復職後の困りごと
二　歩行時の困りごと
三　待ちに待った車の運転
四　日常の困りごと
五　ボツリヌス療法にチャレンジ！
六　魚の目対策
七　現在の生活

あとがき
家族の立場より　鈴木晃太
参考文献

第1章
青天の霹靂
～でも大丈夫、何とかなる！～

Ⅰ．発症～治療開始

一、学内実習後の一大事

私は、私立大学の言語聴覚士養成課程に勤務している。言語聴覚士[※1]として十五年ほど勤務した愛知医科大学病院（愛知医大）から愛知淑徳大学に異動し、十年ほど言語聴覚士の養成に携わってきた。家族は、夫と息子二人であり、倒れた時、私は五十四歳であり、長男は高校三年、次男は中学一年であった。

二〇一五年一一月二三日月曜日、小雨降る肌寒い日であった。午前中は三年生学内実習、午後は、二年生見学実習の発表会が予定されていた。学内実習とは、言語障害をお持ちの患者様に大学に来ていただいて、教員の指導の下、学生が直接患者様と会話をしたり、検査や訓練をさせていただいたりする、学外実習につなぐ準備のための重要な科目である。午後の見学実習発表会はearly exposure[※2]として私の発案で、数年かけて準備してきたものであった。だから、私はこの発表会で、学生たちの学びの成果を聞くのを楽しみにしていた。学内実習も、私が力を入れている科目だったが、三日見学の発表会を控えたこの日ばかりは、早々に切り上げるつもりだった。

でも、説明したばかりのことが、実行できない学生に対し、いつになくイライラしていた。患者様の帰られた後、控室での休憩中、コーヒーを飲みながら、他の教員に少しぼやいて気を取り直し、この日の学内実習のまとめに入った。学生に宿題を伝え、終了間際……。あら？　急に始まった左手の痙攣、なにこれ？　と思う間もなく、足にも広がり、座っていられなくなって、横倒しに倒れた。制御不能だった。自分の身に何か大変なことが起こったらしい（一体これは何？　夢を見ているのだろうか？　もうこれが私の最期なのか？）。「どうしたんですか？」「鈴木先生！」「先生！」と半ば悲鳴のような学生の声が次第に遠ざかり、意識が薄れていくのを感じていた。次の瞬間、ゼーゼーという自分の息が耳元で聞こえ、意識が戻った。後から聞いたところによると、この間およそ五分くらいだったらしい。呼吸が苦しかった！　保健管理室の看護師さんと同僚の志村先生が、呼びかけてくれている声も聞こえる。「鈴木先生、足動きますか？」「無理……」言葉は出るが、力が入らない。小脳失調症[※3]で生じるスラー様

※1　**言語聴覚士**
聞こえや、ことばや飲み込み（嚥下）に障害がある人や発達に問題がある子供たちの障害を診断、治療、指導、支援をする業務を行う。二十年余り前国家資格ができ、二〇二〇年現在、全国に二万二千人ほど存在し、病院だけでなく、福祉機関や教育機関でも仕事をしている。

※2　**early exposure**
医学部入学後の早期に医療現場を体験する実習。医学・医療を学ぶ心構えを身につけるとともに、学習への意欲を高め、医師としてのあるべき姿を考えさせることを目的としている。一定の成果を上げているため、医師以外の教育にも応用されている。

※3　**小脳失調症**
身体の協調運動や平衡を司る小脳、あるいは小脳と大脳運動中枢をつなぐ神経経路の損傷によって生じる、リズミカルで正確な運動ができにくくなる。

表１　JCS

１．LT3（confusion, senselessness, delirium）	
1	だいたい意識清明だが、今ひとつはっきりしない
2	見当識障害がある
3	自分の名前、生年月日がいえない
２．刺激すると覚醒する（stupor, lethargy, hypersomnia, somnolence, drowsiness）	
10	普通の呼びかけで容易に開眼する
20	大きな声、または体をゆさぶることにより開眼する
30	痛み刺激を加えつつ、呼びかけを繰り返すと、かろうじて開眼する
３．刺激しても覚醒しない（deep coma, coma, semicoma）	
100	痛み刺激に対し、払いのけるような動作をする
200	痛み刺激で少し手足を動かしたり、顔をしかめたりする
300	痛み刺激に反応しない

発話[※4]は自分のものと思えない。二、三分後「もう一度動かしてみてくださいと看護師さん。手も足も動いた。「あーよかった！　いつもの先生に戻った！」と志村先生の安堵した声。ほんとにいい方なのだと志村先生の人柄を思ったりする。「ＪＣＳ０（表１）です。」と志村先生。違うよと首を振ったところ、志村先生が「違いました。ＪＣＳ１－１です」と訂正された。気分は悪いけれど、刻々と平常心が戻ってきていた。車椅子に座らせてもらい、隣の嚥下障害用教室のベッドに寝かされた（一体どうしたのか？　何が起こったのか？　でも、とりあえず一命は取り留めたらしい）。実習助手の加藤さんはじめ、学生たちの心配そうな顔、顔、顔……淑徳大学クリニックの医師も来てくださった。

二、救急車にて愛知医大搬送

そこに愛知医大より救急隊到着との知らせあり。車椅子で運ばれる。「心配かけてごめんね～」「大丈夫だからね～」と、教員としてのプライドをかけて、心配そうに見守る学生たちに手を振る。車椅子の演習かと思い、手を振り返してくれた学生もいた。大ごとだけど、まだしもそれくらいの雰囲気にとどまってよかった。人生初の救急車での搬送体験だった。志村先生に、「主人に連絡するので、携帯を！」と力を振り絞ってお願いすると、「全て病院に届けますから心配しないでください」とのこと。「午後からの報告会もお願いします」と言えて、ちょっと安堵する。気分は悪いけれど、会話はできるし、頭の中はクリア（のつもり）。救急隊員と会話を交わす。「もし、意識消失が続くようなら、ドクターヘリで来るつもりでした」と救急隊員に言われた。ドクターヘリとは、救急処置を必要とする重篤な患者さんが発生した現場に直行する救急専用のヘリコプターのことで、愛知医大は、二〇〇一年以降、ドクターヘリを導入していた。「脳梗塞？　一過性脳虚血発作[※5]？　なんでしょうね？」、と苦しいながらも救急隊員と話すうちに愛知医大に到着した。

三、ＭＲＩ後の診断

ＭＲＩ[※6]の撮影をしながら、倒れてしまった現実の重さがのしかかってくる。家族にどう伝えるのか。

※4　スラー様発話
前後の音がつながって聞こえるようなゆっくりした発話。

※5　一過性脳虚血発作
一次的に脳が虚血（血液がいきわたらなくなる）状態となって、麻痺などの神経症状が出現するが、二十四時間以内に改善する。脳梗塞の前駆症状とも考えられる。

この先どうなるのか。多忙な夫、大学受験を控える高校三年の長男、思春期に差しかかる中学一年の次男……いろいろなことが頭の中を駆け巡る。でも、とりあえず命はつながった。二十年ほど前にプロテスタントの洗礼を受けた私は、藤が丘駅近くの朝日聖書教会に通っていた。仕事が忙しいことを理由にあまり熱心な信者ではなかったが、ここから、ひたすら祈りの日々になることを予想しながら、MRIを終える。

職場の健康診断は今年が過去十年の内でベストの結果だった。それまでは、貧血だけ引っかかっていたが、今年はそれも解決し、健診結果はオールA。愛知県言語聴覚学士会の第十回学術集会[※7]での会長の役割や第三十回日本失語症協議会[※8]全国大会愛知大会での要役に引き続き、連日連夜にわたる七名の卒論指導……いつ倒れてもおかしくないような睡眠不足の日々を過ごしていた。しかしこの時期を乗り切ったら、あとは、ゆっくり、仕事の引き際を考えようと思っていた矢先の出来事だった。家族のこと、行く末を思うと涙がこみ上げてきた。

しかし、集中治療室（ＩＣＵ）[※9]で医師たちが見ている自分自身のＭＲＩ画像に、冷静さを取り戻す。「見せていただいてもいいですか？」と担当医師に断わって画像を覗き込む。右の前頭葉[※10]（図１）内側部上方に病巣が白く写し出されている。結構大きい！「脳腫瘍ですね。恐らくグリオーマ」（後述）でしょう。場所は、右補足運動野[※11]（図２）で運動野は免れているので、麻痺は出てないのですね」と担当医師から簡単な説明があった。

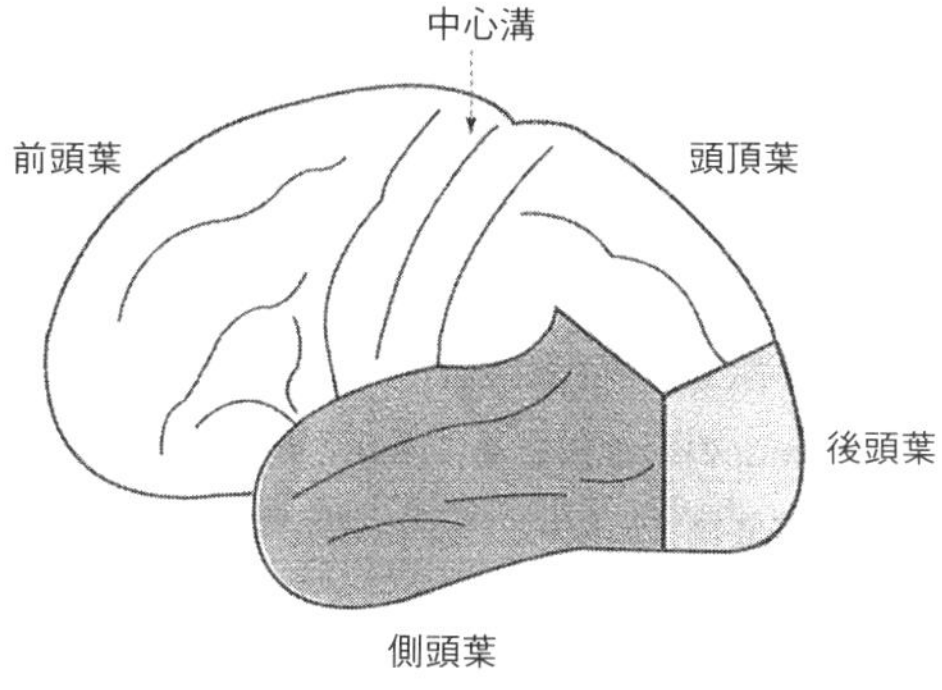

図1　脳の区分

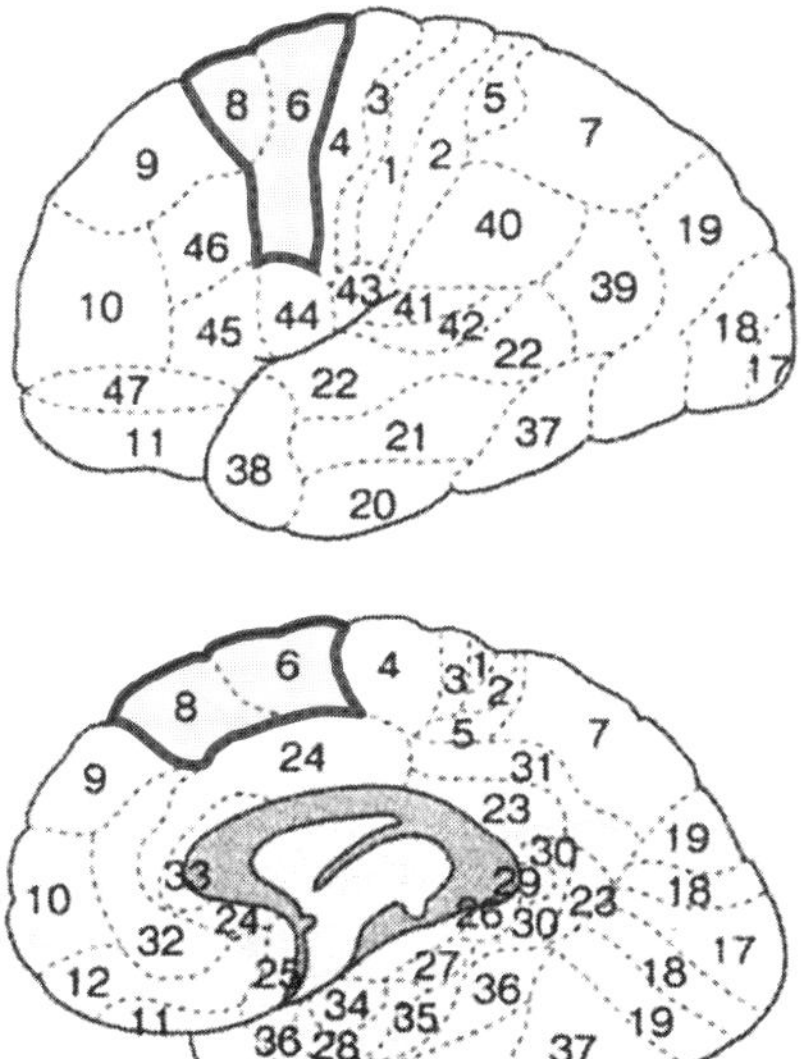

図2　補足運動野（図中の6、8）

※6　ＭＲＩ（Magnetic Resonance Imaging：磁気共鳴画像）
ＣＴのようにＸ線は使用せず、強い磁場を作って、体内の状態を断面像として描写する。

※7　**愛知県言語聴覚学士会学術集会**
愛知県の言語聴覚士の職能団体。二〇〇五年に設立され、二〇一八年現在、会員は五百名を超える。年に一回学術集会を行い、この年は第十回目であり、私は第十回大会の会長の役を仰せつかった。

四、思い当たること（前兆）

このことに関連していると予想される過去のエピソードが二つ。この数年前、次男を乗せて車を運転している最中に、数秒間、左足にぴくつきがあり、力が入らない……。「あら？ 今、お母さん足がおかしかったよ。どうしたんだろう？」と次男に伝えたことがあった。一種の痙攣だったのか。もう一つ、発症の二年くらい前になろうか。ある台風の日、教授会の最中に、ひどい頭痛があり、途中で退席し、研究室で横になったことがあった。しかし、どちらも一過性だったので、病院にかからずやり過ごしてしまった。

五、グリオーマとの闘い開幕

数年がかりで徐々に大きくなるというグリオーマ。いつから私の脳内に生息していたのか。でも、場所的に無症状であったことは幸いであったが、かえって発見の遅れにつながったともいえる。でも、過酷な日常の中で、よくもまあ密かに納まっていてくれたものだ。しかし、なりを潜めていたグリオーマが、この日を境に、じゃじゃーんと登場！ グリオーマとの闘いが、開幕したことになる。

六、グリオーマについて

ネットを検索すると、グリオーマについての情報が、いくらでも出てくる。グリオーマとは、日本語では、神経膠腫《こうしゅ》といい、百三十種類くらいある脳腫瘍の一つである。脳腫瘍のうちでは発症割合が最も高く、その中でもいろいろな種類がある。そして、ステージⅠ～Ⅳのうち、良性はⅠ、Ⅱとのことだが、確定診断は、病理検査による。診断のためにのみ開頭術をすると、それが災いすることもあり、摘出術をするときにステージを判断する方が良いらしい。そして、良性Ⅰ、Ⅱでも悪性のⅢに進行するという点で、脳腫瘍はすべて悪性新生物であるという。また、治療については、転移性の腫瘍でなければ、放射線治療では太刀打ちできない。ガンマナイフ[※12]も同様。グリオーマの場合、切除術が最も一般的な治療

※８　**ＮＰＯ法人日本失語症協議会（旧全国失語症友の会連合会）**
失語症等の言語障害者団体（主に失語症者・麻痺性構音障害者とする）並びにこれに賛助する団体及び個人によって組織し、失語症等のコミュニケーション障害者への福祉医療・保健等の向上に関わる活動や事業を行い、同障害者の生活の向上と社会参加の促進を図り、福祉の充実・増進に寄与することを目的とする。毎年、場所を変えて全国の失語症者が集まる会があり、退院後の初旅行は、二〇一九年の岩手大会（写真）だった。二〇二〇年は九月十二日に山梨にて実施される。愛知県では、二〇〇四年に第二十四回大会、急きょ決まった準備期間の短い今回の第三十回大会は愛知における二度目の開催であった。二〇二〇年の今年は、山梨県で予定されている。

※９　**ＩＣＵ（InteNsive Care Unitの略）**
救急外来を受診した重症患者さん、病棟で急変された患者さんの他、大手術後の厳密な手術期管理を要する患者さんを集中治療する目的の病室。

※10　**前頭葉**
大脳は、前方から前頭葉、頭頂葉、後頭葉にわけられ、側面に側頭葉があり、部位によって役割が異なっている。前頭葉は、両側の大脳半球の前部に存在し、頭頂葉の前側、側頭葉の上前方に位置する。前頭葉と頭頂葉の間には一次運動野が存在する。哺乳類では、同様の構造であるが、人間では前頭葉が発達しているという特徴がある。

※11　**補足運動野（supplementary motor area：ＭＣＡ）**
前頭葉内側面で一次運動野の前方に位置する。頭頂葉と前頭葉前皮質との連絡が豊富であり、運動の準備、開始、制御に関与する。

方法であるとのことであった。

ＭＲＩ覚醒下での手術[※13]もできる現在。日本高次脳機能障害学会の特別講演だったか、数年前、その手術の様子をビデオ映像で見せていただいたことがあった。脳へのアプローチもここまで進化したという驚きを持って講演を拝聴したことを記憶している。そしてグリオーマ患者が術中、及び、手術前後に提供する情報が脳機能のネットワーク理論[※14]などの解明に役立っているとのことであった。大変な状況ではあるが、様々な病気が根治されてきた時代、きっと打つ手はあるだろうし、クリスチャンである（後述）私が、この状況にあること自体、神様ご計画の内にあるに違いない。グリオーマの根絶のために、また脳機能の解明のために、私も一患者として、何かお役にたてたらよいと思う。

七、愛知医大での判断

愛知医大の主治医は、私がＳＴとして勤務していた時代、お世話になった医師のお一人だった。術後の残存症状への関心が高く、リハビリ（ＳＴも含む）にも期待してくださる先生と、好印象だった。あれから十年、他病院で研鑽をつまれて戻っていらしたとのこと。私のことも覚えていてくださって、とても配慮のあるムンテラ（臨床的説明）をしてくださった。入院中お世話になった若手の先生も適切な、真摯な対応でありがたかった。でも、摘出術をするなら、国内であれば、東京女子医大病院（以下女子医大）か、東京大学病院が、地元名古屋なら、名古屋大学病院が有名なようだった。中でも、女子医大の村垣先生が第一人者らしい。

八、セカンドオピニオン

折しも一二月一〇、一一日東京で第三十九回高次脳機能障害学会が開催される予定であった。女子医大名誉教授の岩田誠先生[※15]が講演の座長をなさることがわかった。岩田先生には約二十年前、名古屋でご講演をしていただいたときのご縁で、私には親近感があった。お会いして、直接ご相談させていただきたいと思う。愛知医大でも、セカンドオピニオンなら女子医大と考えてくださっていたようで、快く情報提供をしてくださった。それを持って、東京での高次脳機能障害学会に出発。岩田先生の座長役が終

※12　**ガンマナイフ**
脳内の病巣に、細かいガンマ線ビームを集中照射させる放射線治療。開頭手術をせずに病巣をナイフで切り取るように治療できることからこう呼ばれており、より周囲の組織を傷めない治療といえる。

※13　**ＭＲＩ覚醒下での手術**
術中に患者を覚醒させ、運動、言語機能、高次脳機能の局在を同定し、神経機能をリアルタイムでモニタリングする術式。脳腫瘍のような脳実質病変を、「安全かつ最大限に（他の問題ない箇所を温存する）」摘出するための術式。この術式によって、良部位を最大限に残し、病変は最大限に取り除くことができるようになった。

※14　**ネットワーク理論**
二〇一四年東京大学酒井邦嘉教授、東京女子医大村垣善浩教授らは、左前頭葉に脳腫瘍がある患者の脳の構造と機能の検討により、言語の文法処理を支える三つの神経回路を発見し、大脳の左右半球と小脳を含む広範なネットワークを形成していることを初めて解明した。

※15　**岩田誠先生**
東京女子医大名誉教授。医学博士。一九六七年東京大学医学部卒業。パリ大学医学部留学を経て、東大医学部助手、東京女子医大教授などを経て、二〇〇八年より現職。日本を代表する神経内科医として、失語症や記憶障害の研究で著名なほか、文学や絵画、音楽など芸術への造詣の深さでも知られる。専門書に限らず、『臨床医が語る脳とことばのはなし』（評論社）、『神経内科医の文学診断』（白水社）ほか多数。

われた後、ご相談することができた。岩田先生は、女子医大の村垣先生のことを「最も信頼している脳外科医の一人」と称し、すぐに村垣先生に連絡を取ってくださった。

この学会で、もうおひと方、グリオーマの手術に関する症例報告をなさっているF先生にもお会いすることができた。脳画像のデータをお見せしたところ、即座に、「摘出した方がいいですね」とF先生。グリオーマの治療は、現時点では、MRIで経過観察をしながら、摘出する。また再発したら摘出する、という方法が主流とのこと。私の場合、右の補足運動野にあり、運動野に至っていないため、今のところ麻痺などの症状が出ていないから摘出できるそうである。「術後一時的に左手足に麻痺が出ますが、短期間で回復し、ほぼ病前同様の生活ができる。そして、五年、十年という単位で、人生設計をされていくと良いでしょう」というコメントもくださった。こうして、私は、女子医大での摘出術がベストという確信を持って、帰途に就くことができた。暗闇の中に一筋の光を見出した思いだった。家族もこの治療方針に同意してくれた。

九、女子医大受診

翌日、村垣先生からお電話をいただき一二月一五日、早速、受診をすることとなった。村垣先生は、明るく気さくな雰囲気の方であった。MRIを見るなり、確信に満ちたきっぱりとした口調で、「なるべく早くとった方が良いでしょう」とおっしゃった。二月一日から職場が春休みに入ることをお伝えすると、「その日は、ちょうど自分の手術日だから、そこにしましょう」と、トントン拍子に話が進み、二〇一六年二月一日の手術が決定した。ついに賽が投げられた！　術後、細胞検の結果が出るまで少なくとも三週間入院が必要。結果によっては、プラス三週間の放射線治療が必要となる、と村垣先生から説明があった。職場にどう伝えるかというところで、「最良の状況を予測し、予想に反して悪かったら、休みを延長する」という方法と、「最悪の状況を想定し、もし、予想より良かったら、休みを早く切り上げる」という二つの方法を提案された。どちらがよいか迷った末、前者を選択。日ごろから前向きに考えることを心がけている自分の信条にあっていた。その方が楽天的に手術に向かうことができるということからか、村垣先生も同意見であった。結果的に入院は予想をはるかに超えて長引き、職場には多大な迷惑をかけてしまった。

十、治療準備

一二月中に女子医大が連携しているK市の中部療養センターでPETを取ってきてほしいとのこと。PETとは、Positron Emission Tomographyの略。がんの早期発見のためによく用いられている。がん細胞が、正常細胞に比べ、三～八倍のブドウ糖を取り込むという性質を利用して、がんの早期発見を可能とする、ということで、近年よく使われている。女子医大はこの中部療育センターと連携されているとのことで、ここでの検査結果によって、最終的に治療方針が決定されることになる、という説明を受けていた。

うまく予定が組めるかどうかと思いつつも、新幹線の中から仮予約する。そして、クリスマスイブ、夫に連れて行ってもらえることになった。きっと待ち時間があるからと思い、年賀状を持って行くが、気が滅入って書けない（果たして、自分に新年がくるのだろうか？）。グリオーマ術前検査の合間に書く年賀状が希望に満ちたものになるはずもない。また、待合室で待っておられるご家族の話もいけない。かなり進行された方のご家族だったから……。私も直にそうなるのだと、すっかり弱気になってしまった。でも、せっかくだからと、帰りにクリスマスのショッピングモールのイルミネーションを見ながら、夫と買物をする。二人でこんな時間を過ごすのは、二十年ぶりくらい。子供たちにケーキと夕食を買って、帰途に就く。そうだ！　もう生きる時間が限られたら、最後は旅に出よう。七つ☆列車にも乗ろう！　と、少しでも気持ちを上向きにしようと努める。夫はひたすら寡黙な運転手に徹していた。

Ⅱ．入院～手術

一、教会への報告

教会で、ここ数年来、私は、奏楽（讃美歌の伴奏）とお花を活ける奉仕をしてきた。教会の皆さんにも病気と治療のスケジュールもお伝えするが、淡々との予定が、言葉に詰まってしまう。クリスチャンらしく信仰をもって、毅然として行ってきますと言えたらよかったのに。その時の自分は、とても気弱になっていた。左手に麻痺が出たら、ピアノは弾けないし、三週間で帰られる保証もない。それに、手術自体への恐れがある。そして、私の人生はここからどうなっていくかという先々への不安……この土壇場から、おりたい気持ちでいっぱいになっていた。でも、皆さんの祈りの援軍を受けながら、平安の内に手術当日を迎え、このピンチをのり超えたい。「生きるも死ぬもキリストを証する生き方」、私にできるかと心許なかったけれど、今、現実にその時が来ている。「あなた方のあった試練はみな人の知らないものはありません。神は真実な方ですから、あなた方を耐えることのできないような試練に会わせることはなさいません。むしろ耐えることができるように、試練とともに、脱出の道も備えてくださいます（コリントⅠ．10．13）」「待ち望め主を。雄々しくあれ。心を強くせよ。待ち望め、主を（詩編27．14）」

二、関連情報

ネットでの、グリオーマ体験者のブログは重いものばかり。進行性の病気の経過はどうしてもそうなる。どんな病にかかるか、それは人知を超えたところにあるけれど、ＡＬＳ[※16]と脳腫瘍は避けられるものの

※16　ＡＬＳ（**筋萎縮性側索硬化症**）
運動神経系が選択的に障害される進行性神経疾患。十万人に五人程度の有病率であると言われ、研究が進められているが、発症に関連する遺伝子異常がいくつか報告されているものの、その詳細な原因は不明なままである。

なら避けたいと思っていた。それがSTとして、大勢の患者さんにお会いしてきた経験からの率直な思いだった。病気が進行して、徐々に機能が低下していく点がとてもつらい。しかし、その「脳腫瘍」が私の病名であった。私の手元には、昨年悪性リンパ腫で亡くなられた遠藤尚志先生（後述）の闘病記があった。すさまじい痛みとの闘いが書かれていた。希望の広がる最終章であったが、その直後、容態が急変して天に召されてしまわれた。誰しもいつか地上での日々を終える日が来る。だから、人生の長さが問題ではなく、最後の一日まで、希望と感謝の気持ちを持って、悔いなく生きられたら幸せだと思う。

三、仕事への思い

大学では、倒れた年、専攻の主任という立場であり、まだ、任期を残していた。突然の状況にもかかわらず、他の先生が、主任を代わってくださったこと、私の抜けた穴を皆で埋めてくれたことをまず、感謝したいと思う。自分の力の及ばぬところであった。

その他の地域の仕事は、すべて備忘録に入れておいた。「失語症地域支援を考えるSTの会」関係などはとても良い形できりをつけることができていた。発展的解消ということで、「失語症仲間の会（仮称）」となった。私がST仲間と力を注いで養成を続けてきた失語症会話パートナーの皆さんは二〇〇七年「あなたの声」[※17]という会を結成し、二〇一二年NPO法人化され、主に失語症当事者団体（失語症友の会）での支援活動を続けてきた。二〇一五年秋に行われた日本失語症協議会第三十回全国大会愛知大会（前述）は、それまでの失語症支援の総決算的な大会となった。この「あなたの声」の会話パートナーの皆さんが市民権を得て、第三十回大会を大いに盛り上げてくれた（ＮＰＯ法人「あなたの声」は、この後も自立してさらに発展し続け、その活動が認められ、スギ財団から地域医療振興賞[※18]を授与されている。失語症会話パートナー養成活動の要としての私の役割はここで一旦区切りかなと思う。名古屋市総合リハビリテーションセンターのＳＴらが中心となり、中堅の先生方がバトンを受け取ってくれれば、きっと失語症の方々の支援活動は良い形で継承されていくことだろう。「失語症仲間の会」には、ＳＴに限らず、理学療法士、作業療法士、看護師、医師、ケアマネジャーにも加わっていただけるとよいと願う。

病院で、臨床を続けていくつもりだった私にとって、大学勤務も思いがけないことだった。実習施設を確保するという初期のミッションを達成することはできた。しかし、大学教員として不十分な面もあったし、大学への貢献ができたわけでもない。何より今回の病気で多大な迷惑をかけてしまった。しかし、このポジションを活かして失語症者の社会参加を推進させていただけたことに感謝したい。学生たちにも、臨床、地域活動の魅力、失語症の方たちの支援の神髄をある程度伝えることができたのでは、

※17　**ＮＰＯ法人あなたの声**
愛知県で、二〇〇四年、有志ＳＴが実施した会話パートナー養成講座を修了した人たちが作った、会話パートナーの会。二〇一二年、ＮＰＯ法人化され、二〇二〇年現在、会員は約百名。失語症友の会の活動を支援し、失語症者の社会参加の支援や、失語症の啓発活動にあたっている。

※18　**スギ財団地域医療振興賞**
地域医療を振興し、国民の健康と福祉の向上に優れた成果をおさめ、住み慣れた地域で安心して、その人らしく住み続けることを支援する活動を行った団体に贈られる賞。

と自己満足的に思っている。

四、私を導いてくださった先生方

この間、私を導いてくださったのは、遠藤尚志先生（前述）であり、藤田菊江先生であり、綿森淑子先生であった。

遠藤先生には、数年にわたり大学で、「言語聴覚学と社会福祉」という授業をご担当いただいた。ご講義後、遠藤先生を囲むお食事会で、失語症海外旅行団[※19]の話題となった。次回の行き先として、私の希望を汲んで、「カナダの失語症協会[※20]」（写真1）を選んでくださり、私もこの海外旅行団に加えていただいた。失語症の方お二人とご一緒の忘れがたき旅（写真2）、同伴した子供たちにとっても素晴らしい経験となった。科研費を使わせていただいた私には、「失語症者生活評価表[※21]」作りに関する研究をするという責務が残った。今はまだ、その返済の最中である。

愛知医大の私の前任者である藤田先生とは、もう長いお付き合いになる。特に二〇〇四年の失語症者のつどい全国大会から現在に至るまで、ずっと失語症者の社会参加、地域活動の支援をともに進めてくれるかけがえのない同志でもあった。いつも巨視的に客観と主観を交えた視点をもって、行く道を照らし、凸凹した私を、よき理解者としてずっと支えてくださった。入院前日、藤田先生に私の今の状況（もしもの場合のことも含め）をお伝えすることができ、本当に気持ちが軽くなった。遠藤先生、藤田先生、このお二人のＳＴに出会わなければ、私は、多分二十代でＳＴをやめ、大学の専門だった臨床心理学関連の仕事への転向をめざしていたような気がする。

そして、もうお一人、綿森先生にもお世話になった。お母様の介護のために名古屋のご実家に帰っていらっしゃった際に、研究のご相談をしたことがご縁で、時折、私に貴重な情報を提供してくださっていた。言語聴覚学や失語症支援発展のために、ご尽力くださる姿勢は、ＳＴの尊敬すべき先達である。もし、私に命あるならば、ここまでの愛知での「会話パートナー養成及び活動に関する歩み」をまとめたい。そして、厚かましくも綿森先生にご指導をいただきたい旨、申し出てみたところ、綿森先生は快諾してくださった。術後、この論文は、綿森先生のご指導の下、二〇一八年、三月、日本言語聴覚士協

※19　**失語症海外旅行団**
その軌跡が、大田仁史医師、遠藤尚志言語聴覚士の対談集「旅は最高のリハビリ！　失語症海外旅行団の軌跡」エスコアールに詳細に紹介されている。

※20　**カナダ失語症協会（旧パットアラト失語症センター）**
失語症のご主人を持つMrs. Pat Aratoが、一九七九年に設立した失語症者のためのセンター。最初は数名ではじめられたが、その後、国の助成も得て、会員、職員、ボランティアがどんどん増え、一九九七年に、Aura. Kagan（speech-language pathologist）が引き継いだ。

二〇〇二年、現在の失語症協会と改名し、生活期の失語症者に対する様々なプログラムを実施している。会話パートナー発祥の地としても知られ、世界各国からの視察も受け入れている。

※21　**失語症生活評価表**
一般に失語症の患者さんには、その症状の把握をするための検査を実施する。この検査が、失語症の重症度や、タイプを診断し、治療方針を立て、回復の様子を検討するための重要な指標となる。しかし、今、どんな生活をしているか、それをどう感じているかという心理社会的な側面を測る検査は存在しておらず、このKagan. A.らが考案したＡＬＡ（Assessment living with Aphasia）が注目されており、私たちは、この日本語版を出版することを考えている。

写真１　カナダの失語症協会

写真２　失語症海外旅行団

会の刊行している「言語聴覚研究第十五巻第一号」[※22]に掲載された。それは、手術二年後のことだった。

五、東京へ出発

一月二九日新幹線始発で東京に向かう。受験生の母としての役割（願書を出し、宿をとる、など）を済ませ、三週間の家族のスケジュールもリビングに張り出し、確認して出発した。時間があれば、おかずの作り置きをしたかったし、子供たちに少しでも家事の仕方を教えたかったが、時間切れ。でも、夫の家事能力はかなり高いので、男所帯でも何とかなるだろう。ずぼらな私と違って、几帳面な夫。きちんとしなければという思いが、本人をきりきりさせてしまわないかというのが気がかりではあった。

六、手術前夜

手術前夜、私はナーバスだった。そして、これまで生きてきた五十四年の人生を振り返って、家族、友人、先生、親戚、出会ったすべての人たちに感謝したい思いでいっぱいになっていた。それらの思いを一気にＰＣに入力することで、ちょっと気持ちが落ち着いてきた。そして、どうかこの手術後に、人

※22　論文執筆について
術前、とりあえず手を付けておいたたたき台をもとに、術後しばらくして、綿森先生に手厚いご指導をいただいたことによって無事完成。「会話パートナーによる失語症支援活動の十年―愛知県における成果と今後の課題―」として、言語聴覚研究第十五巻第一号に、掲載して頂けた。

生が続いていてほしいと心から願う。でも一旦中断。聖書を読みながら、讃美歌を口ずさみながら眠りにつくことにした。「♪～未来もまた、み手にある。明日を生きる意味がある。～♪（讃美歌三百十四番）」翌朝は、「たとえ死の谷を歩くことがあっても私は災いを恐れません。主が私とともにいてくださいますから。（詩篇四章二十三節）」というみことばを、幾度となく唱えつつ、夫と姉に手を振りながら手術室に向かった。

肉親でも、付き添えるのは手術室の前まで。でも、私たちクリスチャンは、いつでもどこでも、みことばを唱えることができ、祈る幸いが与えられていることに感謝したい。

七、手術を終えて

手術は、予定通り二月一日午前八時五〇分に開始された。予定では六、七時間ほどかかるとのことだったが、結果は、九時間であった。覚醒下では、痙攣発作が起こり得る。もし痙攣発作が起これば、手術が止まり、やり直しになると麻酔科医師より説明を受けたため、覚醒下術は断念する。眠いのを起こされて、いろいろやらされるので不快に感じる人もいるそうだ。手術時間もさらに一時間は延長する、等、覚醒下術に対する否定的な情報が集まっていた。また、愛知医大の主治医より、運動神経は、パルス信号でモニタリングできるから、覚醒下であってもそうでなくても、あまり差がないとの説明も受けていた。しかし、今となっては、術後の残存障害を最小にするために、ここで、覚醒下術体験者の話もよく聞き、術後の結果を照合し、どちらにするか、もっと慎重に検討すべきだったと、この決断を後悔の念をもって述懐している。正直に言えば、私自身、覚醒下術に挑む勇気が足りなかったのだ。

八、術後の朦朧期

術後、つきっきりでいてくれた姉（後述）は、私の「頭が変になった？（だから手術したわけなので、これは正解）」「クレーマーと思われるのでは？」と心配したとのこと。私の不快感はすさまじかった。多分術後、ＩＣＵでのことだと思う。意識レベルはＪＣＳのⅡ－１（前述）くらいであろうか。以下は、朦朧とする意識の中で、繰り返しなされる質問に、必死で応じながら、辟易していたことである。

その１：何度でも同じ質問をされる

Drや、Nsが、入れ替わり、立ち代わりきては、「手を挙げてみてください」、「脚を挙げてみてください」、と何度でも同じ指示をする。私の左半身には手術直後、完全麻痺が出現していた。今は全くできない！　できないことばかり繰り返し要求しないでほしい。もっと、リハビリにつながるようなソフトサインを診てほしい。患者の立場からしたら、できないとわかっていることを何度も要求されることは、つらいものである。できることを見つけるような視点で関わってほしいものと思わずにはいられなかった。もちろん刻々と変化する患者の症状をチェックし、記録することは治療上重要な意味があることなど、百も承知だったが。

その2：コミュニケーションをとりにくい状態である

私の病巣は、今回、幸いにも腫瘍が右半球だったため、失語症は免れた。しかし、質問に答えるのにひどくエネルギーを使わねばならなかった。全身麻酔により気管内挿管[※23]をしていたため、その抜去の影響か、少し嗄《さ》声[※24]気味になっていた。また、プロソディ障害[※25]が出現していた。起声が悪く、モノトーン（イントネーションが平板化している）となり、相手に声が届かない。ゆとりのない印象の話し方となっていた。それは、STとして診ていた右半球損傷の患者さんと共通するものであった。失語症の方との意思伝達手段として使う「×△○◎」の記号や、「0〜10のスケール」などを使ったら、急性期の患者の負担は軽くなるかもしれない、とやはり朦朧とした意識の中で感じていた。

また、経過をみるために、同じ質問を何回でもする必要があるなら、聴覚的注意という負荷を軽減するために必要不可欠な質問項目をいくつか書いておき、その質問表をあわせて呈示しながら、聞いてくだされば、患者は少し楽になる。

その3：突然の質問への応答がしにくい

話しかけるとき、患者の意思を尊重して、まず、「今、話してもよいですか？」と聞くところから始めていただけるとありがたい。患者とて、いつでも答えられる状態にあるわけではないのだから。

これらは全て失語症者に対するコミュニケーション上の注意事項であるが、急性期の全ての患者さんへの対応として一般化できるものと思う。

さらに、私は、意識が清明でないときや高齢者に起こり認知症と間違えられたりする譫妄《せんもう》※26も体験した。文献には、本人は覚えてないと書いてあるが、私は、ほぼすべて記憶にとどめていて、これは姉の記録と一致していた。

①ＹDr「右前頭葉ｈｉｇｈ症候群なので、○○○○を処方しよう」
主任「それは、精神科の受診が必要では？」
ＹDr「だから、おかしな言動のエビデンス（証拠）を全て記録して」
まともな訴えについては、あたかも改ざんするかのような指示が出ているように記憶しているが、い

※23　**気管内挿管**
全身麻酔の手術時に、気道を確保するために気管内に挿入する管。

※24　**嗄声**
一般的に声がかれること。専門的には、粗糙《ぞう》性、気息性、努力性、無力性があり、この時の私は、粗糙性＋気息性＋努力性であったと思う。

※25　**プロソディ障害**
話し言葉の構成要素である速さ、イントネーション、リズム、アクセントなど話しことばを構成している要素の障害によっておこる話しことばの障害。

※26　**譫妄**
軽～中等度の意識混濁に、精神・身体の興奮性が加わった状態。各瞬間の認識や意思疎通はできるが、後になってその間のことを覚えていない。高齢者や脳血管障害で生じやすいが、それ以外にもアルコール性、高熱性など様々な疾患によっておこる。一般的に昼夜が逆転している患者が多く、症状が夜間で悪化する。

くらなんでもそんなことはありえない。

②「Nsから Nsへの申し送りの声が良く聞こえるから、出来れば文書でお願いしたい。患者が不安になる」と、Nsを呼んで申し立てた。しかし、HCUも私の病室もNsステーションから離れているから、それはありえない。

③執刀医から夫に電話があり「他に悪いところが見つかったので、今から、また手術室に戻ります」これが一番怖い譫妄であった。

④両親と息子たちが見舞いに来てくれている、と思っていた（父は足が悪いのによくもまあ……）。「お父さんもお母さんも、いないよ！」と姉の声。

（長男は受験生で、次男は学校があるのによく来れたね～）「朋ちゃん、しっかりして。二人ともいないよ」。またも姉の声。これも譫妄であったようだ。

九、リハビリ開始

手術二日後からリハビリ開始予定であったが、私の意識が清明でなかったため、開始できなかったとのこと。私の記録には、「二月四日、待ちに待ったリハビリ開始！」とある。

この時、一過性で消える通過症状として左側無視があったらしく、ノートの左側が空き、文字も研ぎ澄まされた右肩上がりのもの（写真3）。この状態でも、届いたお見舞いのはがきに返事を出さねば、と思って無理して書いた私のはがきを、受け取ったI先生はびっくりしたらしい。でも、闘病記の貴重

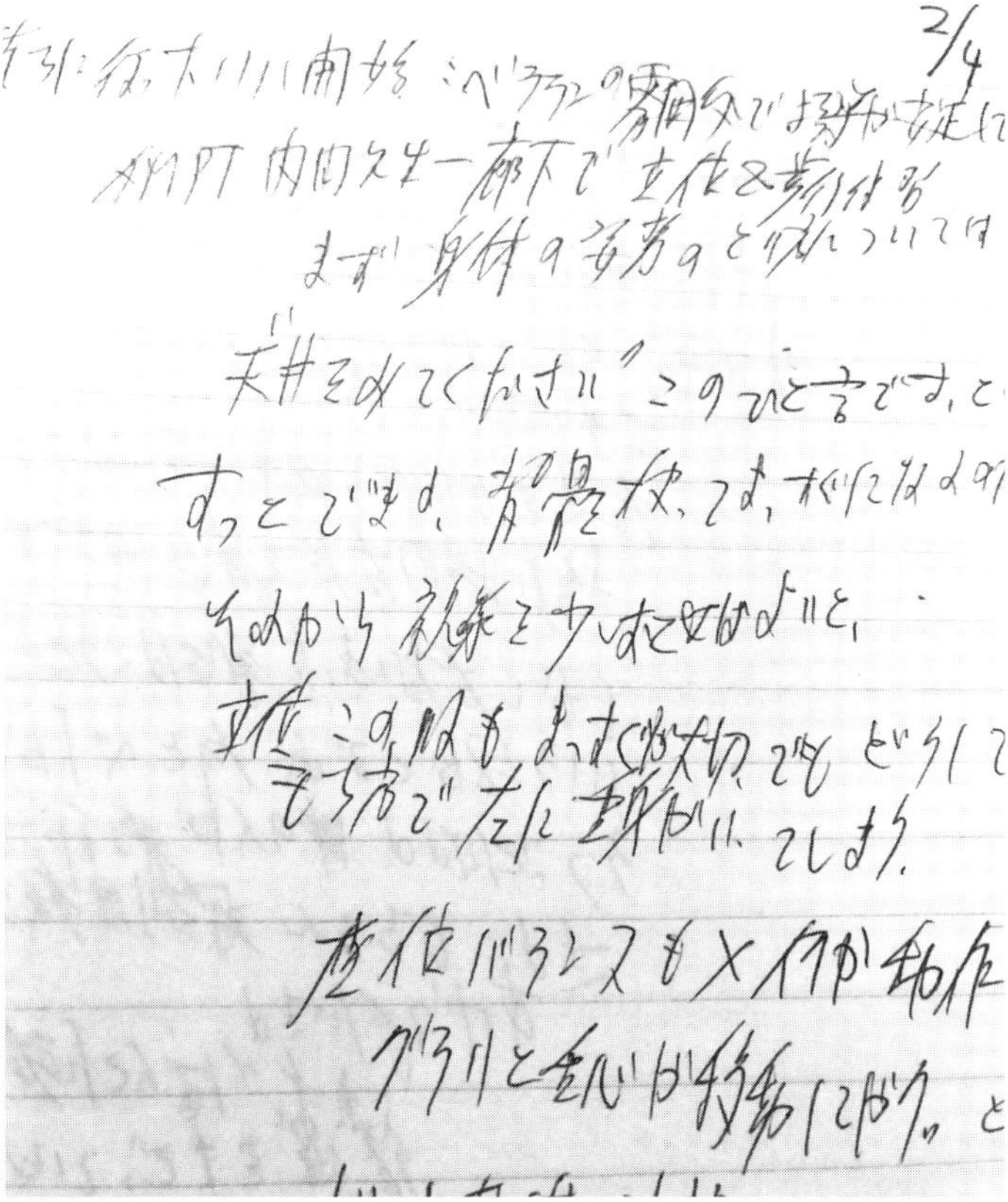

写真３　左側が空いたノート

な資料になると思って、保管していてくださり、後にお渡しくださった。

まず、目標は歩行。ベテラン理学療法士の内田先生が、座位姿勢の保てなかった私を車椅子で廊下に連れ出し、「座位姿勢保持」、「立位」、「歩行」練習を開始した。車椅子でうなだれていた私に内田先生が「天井を見てください！」と。この一声で、私の体は、すっとわかり、たちどころにうなだれは解消し、座位姿勢が保てるようになった。この後、内田先生はいつも「何て言ったらいいかなあ……」と的確な言葉を探しては導いてくださった。運動指導に、こんなに言葉の力が大きくかかわるとは、と感動させられた。STとして勤務していた愛知医大で、傍らから見ているだけでは理学療法士の指導は、「イチ！　ニ！　サン！　シ！」と号令ばかりが大きく聞こえ、この運動指導における言葉の威力に全く気づけなかった。今回、自分が指導を受けて初めて運動療法における言葉の力を体感することができた。内田先生曰く、「足の機能障害が重くても、本人の頭が歩き方を理解できさえすれば、装具など使って歩けるんですよ」と。内田先生に対する私の信頼感は絶大なるものとなった。この後、立位、歩行（写真4）と順調に進み（写真5）、手術一か月後には、ＰＴの介助にて階段昇降も可能となった。

作業療法も理学療法と同時に始まった。若手の井沼先生は、私が左肩の亜脱臼を気にしていたら、早速、アームスリング（亜脱臼を防止するために、麻痺側の腕を肩から吊り下げるようにするもの）を作ってきてくれた。この後も、病棟に、ドラえもんのポケットのような袋を持ってきて、そこから、その時々に適した道具を出しては、多面的に手指の動きを引き出してくれた（写真6）。最終的にＡＤＬ（日常生活動作）訓練として、調理実習も行った。四十五分で洗い上げまですべて済むようにという内容で、

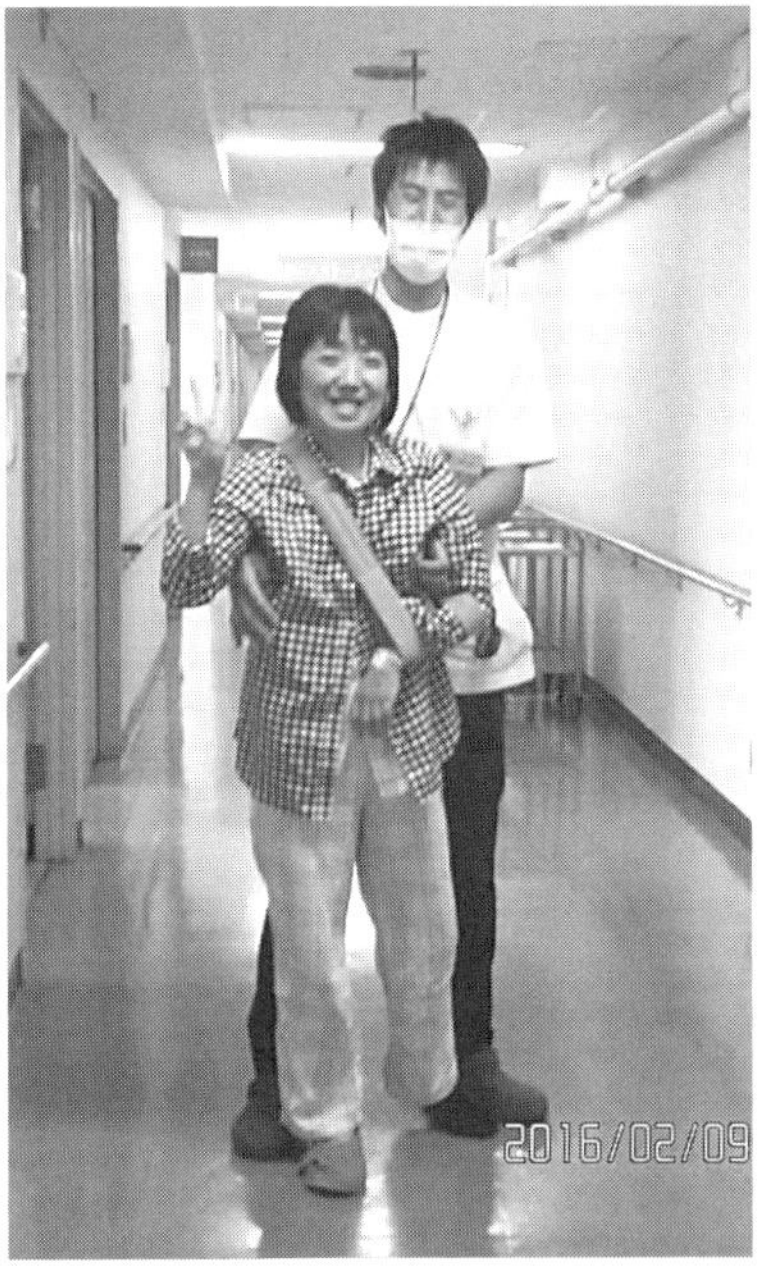

写真４　内田 PT との初めての歩行

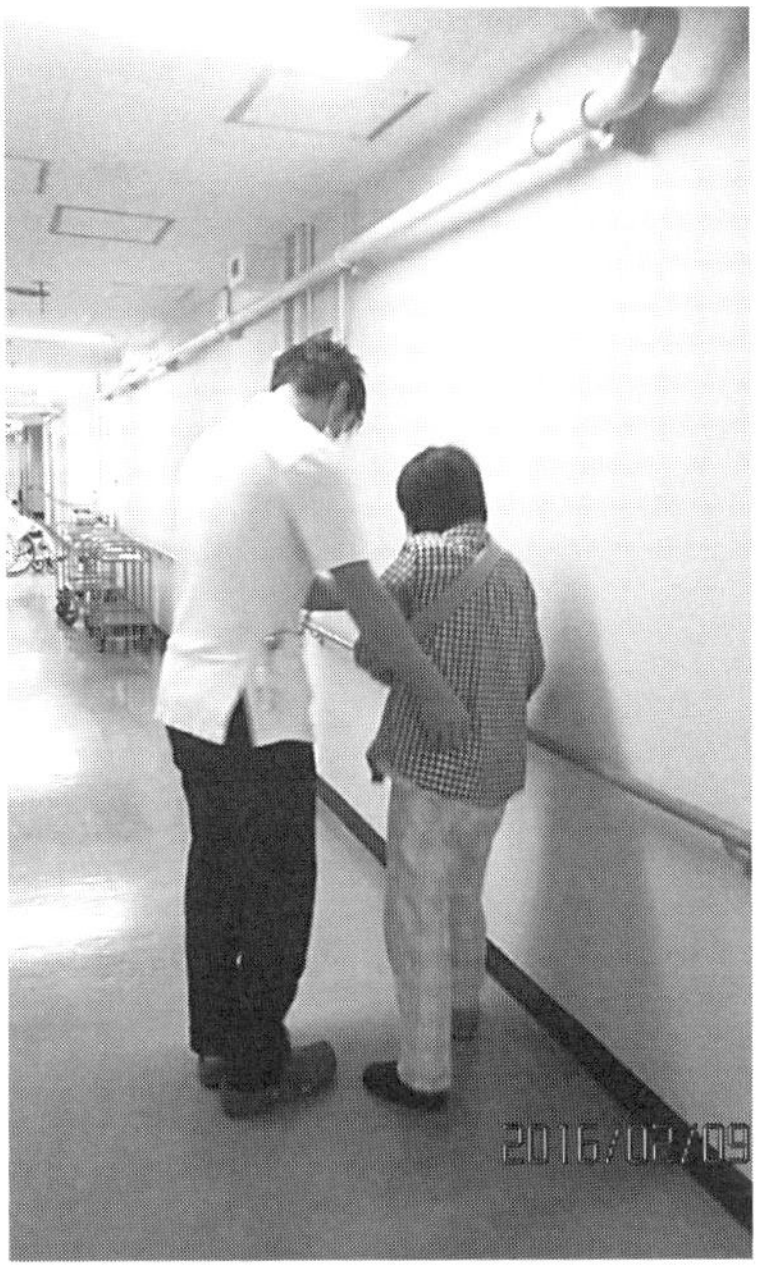

写真５　病棟廊下での歩行練習

調理計画から片付けまでの課題であった。それを、記録して、自己評価するという訓練内容は、実践的で総合的な訓練となっていると感じた（写真７）。自主的に、病室で、手の機能や認知機能の改善に役立てば、とジグソーパズル（写真８）、折り紙、あやとりなどを行っていた。井沼先生にとって補足運動野損傷の患者を担当するのは初めてで、教科書にも経過が書いてないとのこと。回復経過が錘体路（図３）損傷による麻痺と異なるなら、報告する意味はあるのでは？　指導において、セラピストにとっての指針があるということは、患者の不安を解消するためにとても大切なことと思われる。理学療法の内田先生には、これまでの経験値があるようであった。それならば、後輩たちのためには、そこをまとめ

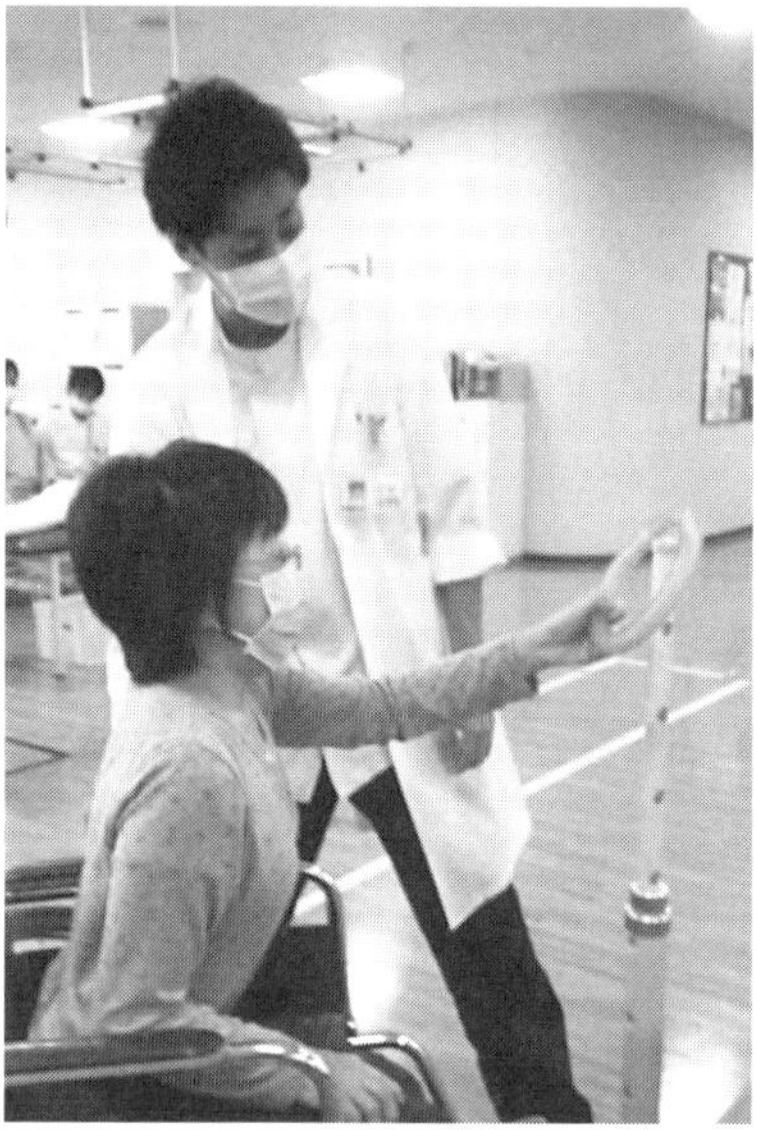

写真６　OT 訓練の様子１

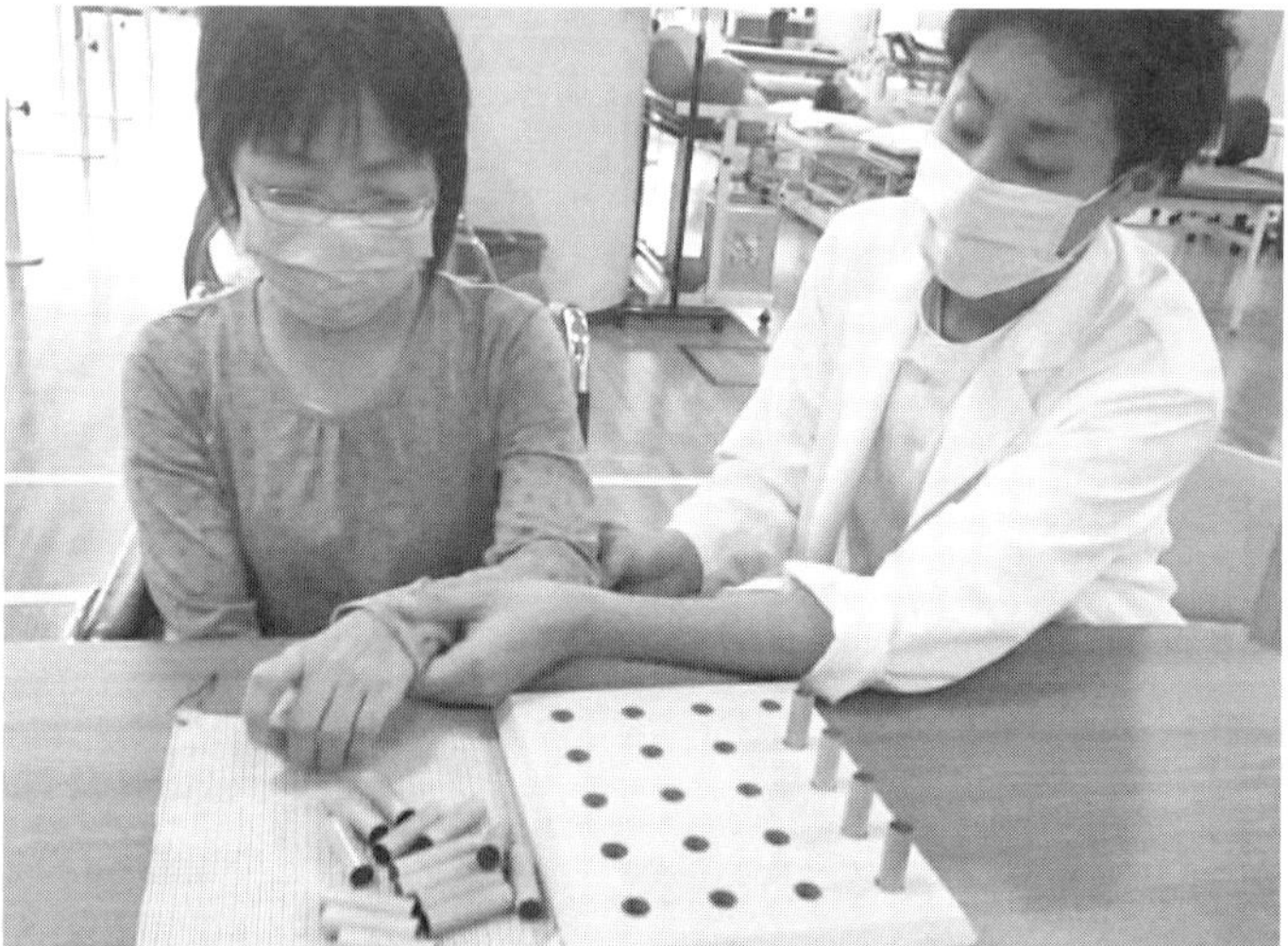

写真７　OT 訓練の様子２

写真８　病室での自主トレとして行ったジグソーパズル

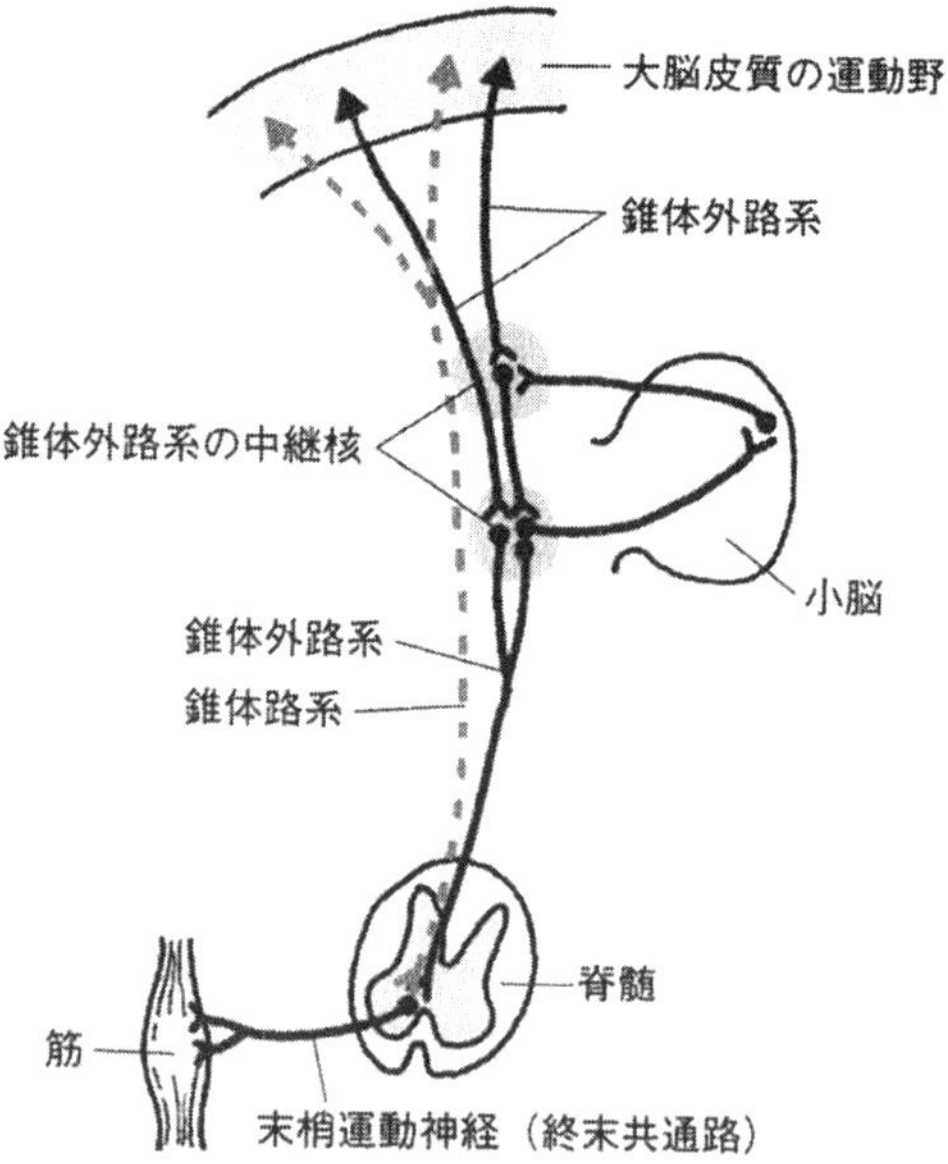

図３　錐体路、錐体外路

ておく価値があるのでは？　と私は思うのだが、どちらの先生も症例報告には着手されなかった。

十、ベッドからの落下事件

手術後四日目のこと。理学療法士から背筋を伸ばすための呪文「天井！」を教わって気をよくした私は、姉に病室で背筋を伸ばすために眺める目標のマーク（猫のシール）を貼ってもらった。さらに、待っていた左脚へのぴくつき（回復の兆候とDrからいわれていたもの）が来た朝、うれしくて、端坐位（ベッドの端に座る）を取ろうと思いつき、恐る恐るやってみた。そして、右脚の動きを見ながら左脚をそっと床から浮かしてみる。やった！　と思った瞬間、私はバランスを崩し、麻痺側の床にたたきつけられていた。丁度そこに通りかかった方が、看護師さんを呼びに行ってくれたので、何とかすぐにベッドに戻ることができた。この後のＭＲＩで頭の無事が確認されたのだが、粗忽な言動が、いかにも右半球損傷[※27]的である。この後生活をしていく中でも諸種の症状が右半球損傷に起因するとされる文献の記載と符合していた。

十一、回復を支えるもの

その１：まず筆頭にシャワーのように浴びせてもらえた肯定的な言葉をあげたい。脳外科病棟は、術後の大変な時期だからこそ、看護師さんの手厚い看護有り。個室だったので、また、全介助（Barthel index（表２）では食事のみ自己摂取可能で10/100となっている）であるため、せっかくトイレが個室についていても使用できない。トイレの度に、ナースコールで看護師さんに車いす用のトイレに走っていただいていた。眠れない夜もあり、一晩に何度もトイレに連れて行ってもらわなければならない。従って、看護師さんとも親しくなった。さすが女子医大だけあって、出身も全国津々浦々。主任を筆頭に明るくて美人揃いの看護師さんチーム。特に印象深いのはＭさんとＫさん（私の担当）である。

Ｍさんは、眠れず大変な夜、どこからか、ラジカセを持ってきてくれた。また、放射線の照射で、大

※27　**右半球損傷**
右半球障害は左半球障害と異なり、症状の責任病巣の局在性がピンポイントでないことが特徴とされている。右半球損傷が関与する症状としては、半側空間無視、病態失認、構成障害、運動維持困難、地誌見当識障害などのある程度特徴を持った症状と、注意障害、せん妄、感情障害などのより高次の症状及び精神症状に分けて考えられる。

表2　Barthel index

1 食事	10	自立、自助具などの装着可。標準的時間内に食べ終える
	5	部分介助（例えば、おかずを切って細かくしてもらう）
	0	全介助
2 車いすからベッドへの移乗	15	自立、ブレーキ・フットレストの操作も含む（歩行自立も含む）
	10	軽度の部分介助または監視を要する
	5	座ることは可能であるがほぼ全介助
	0	全介助または不可能
3 整容	5	自立（洗面、整髪、歯みがき、ひげ剃り）
	0	部分介助または全介助
4 トイレ動作	10	自立、衣服の操作、後始末を含む。ポータブル便器などを使用している場合はその洗浄も含む
	5	部分介助、体を支える。衣服・後始末に介助を要する
	0	全介助または不可能
5 入浴	5	自立
	0	部分介助または全介助
6 歩行	15	45m以上の歩行、補装具（車いす、歩行器は除く）の使用の有無は問わない
	10	45m以上の介助歩行。歩行器の使用を含む
	5	歩行不能の場合、車いすにて45m以上の操作可能
	0	上記以外
7 階段昇降	10	自立。手すりなどの使用の有無は問わない
	5	介助または監視を要する
	0	不能
8 着替え	10	自立。靴、ファスナー、装具を着脱を含む
	5	部分介助。標準的な時間内、半分以上は自分で行える
	0	上記以外
9 排便コントロール	10	失禁なし。浣腸、座薬の取り扱いも可能
	5	時に失禁あり。浣腸、座薬の取り扱いに介助を要する者も含む
	0	上記以外
10 排尿コントロール	10	失禁なし。収尿器の取り扱いも可能
	5	時に失禁あり。収尿器の取り扱いに介助を要する者も含む
	0	上記以外

注）代表的なADL評価法である。100点満点であるからといって、独居可能という意味ではない。

量に髪が抜け始めたことをぼやくと、「また生えてくるから、大丈夫ですよ！　それだけ放射線が効いてるってことだし！」とさばさばと、でも思いやりをこめた声掛けをしてくれた。

私の担当のＫさんは、事あるごとに共感的に関わってくれた。一番うれしかったのは、なかなか動きださなかった左膝下が動いた！　その瞬間、たまたま来られたＫさんが、その様子を見るなり、ひざまずいて私の手を取り、「すごい！　鈴木さん！　やりましたね」と、ともに喜んでくれたこと（写真９）。

ジル・ボルト・テイラーもその闘病記「奇跡の脳」[※28]で記載しているように、患者は、自分にとってプラスとなることばや態度を浴びせられたいと願っている。そして、それを自分に与えてくれる存在を無意識に識別しているという。その無条件の受容的な関わりにどれほど自己の存在そのものを支えてもらえることになるか。反対に、出来ないことを思い知らされる体験に、どれほど打ちのめされるか。病棟では、看護師さんに限らず、ヘルパーさんたちにも支えられた。皆さん、まるで家族のように親身になってくださった。私の自立とともに、必然的に、看護師さんやヘルパーさんとの関わりが少なくなるのだが、私にとって、それはとても寂しいことでもあった。ＰＣ、携帯使用の必要性があったため、大部屋への移動は断念したが、もし、移動したら、また、他の患者さんとの交流という新たな展開があった

※28　**ジル・ボルト・テイラー「奇跡の脳」**
アメリカ、ハーバード大学で活躍していた脳解剖学者。三十七歳でＡＶＭ破裂による脳出血を起こし、一旦は、右麻痺と失語症をきたしたが、その後のリハビリを経て、フルリカバリーを果たした。その発症時のこと、また、自分自身の脳の機能（運動、言語、自己認識）が活動を停止し、右脳優位で起こる変化、再生について克明に記述した「奇跡の脳—脳科学者の脳が壊れたとき—」で、再度話題になった。

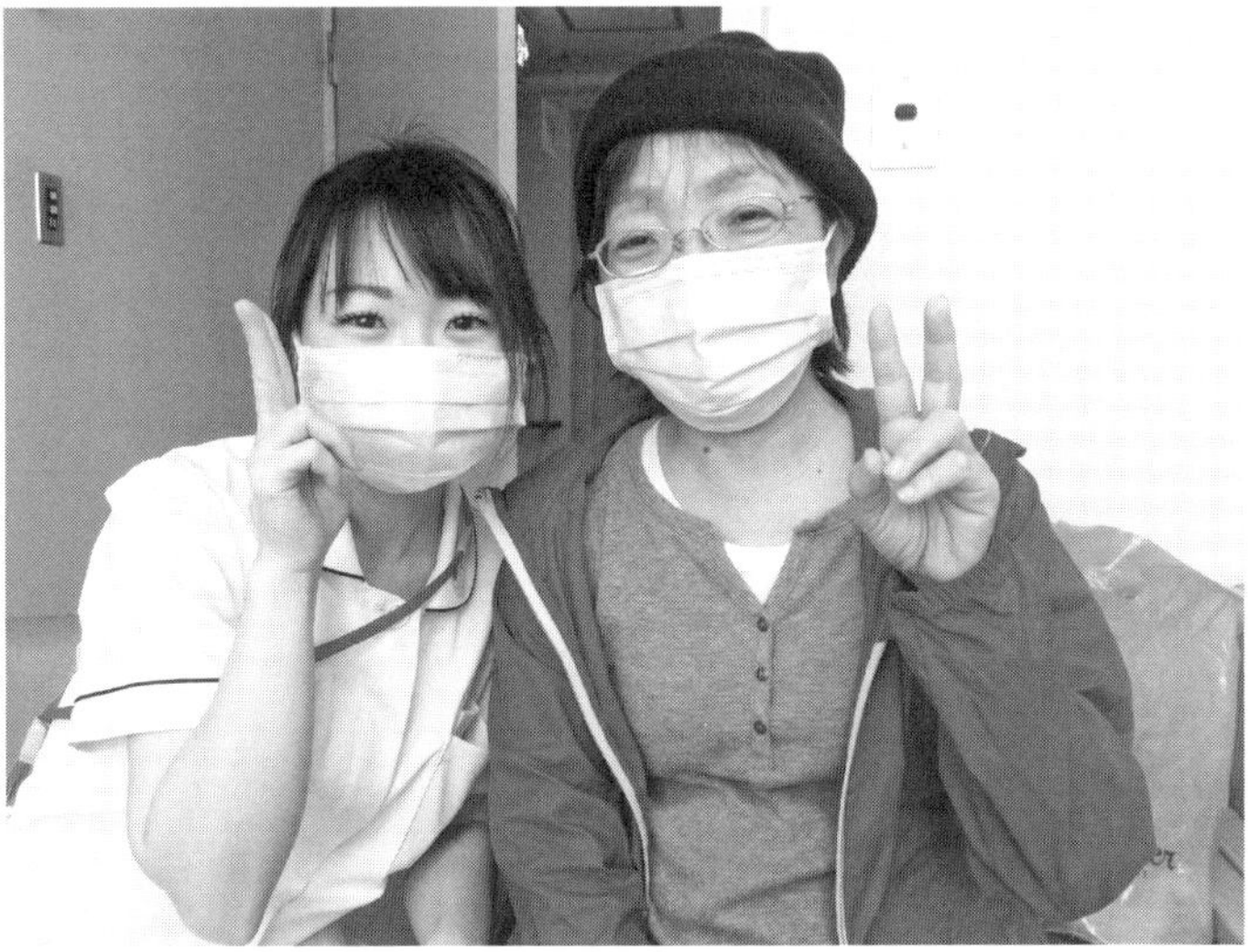

写真９　担当Nsとのツーショット

ことだろう。

十二、最強の応援団

今回の治療は、急転直下日程が決まったため、大学受験を控える長男と、中学一年生の次男をかかえる教員の夫は、付き添えない状況だった。その代わり、二歳上の姉が手術前日から近くのホテルに泊まり込みで付き添ってくれた。彼女の大学進学時から別居している姉妹なので、大人になってこれだけたくさん話す機会は初めてだった。家や、学校の思い出話、子育てのこと、家族のこと……。

彼女自身も大病を患ったことがあり、そこから回復し、今の生活を心から楽しんでいる。その生命力に満ちた強さに、術後の私の命も守られたといっても過言ではない。手術後、風前の灯のように感じる心細い日も、姉の「大丈夫！　フルリカバリーって、M先生（病棟主治医）も言ってたから」と、明るい

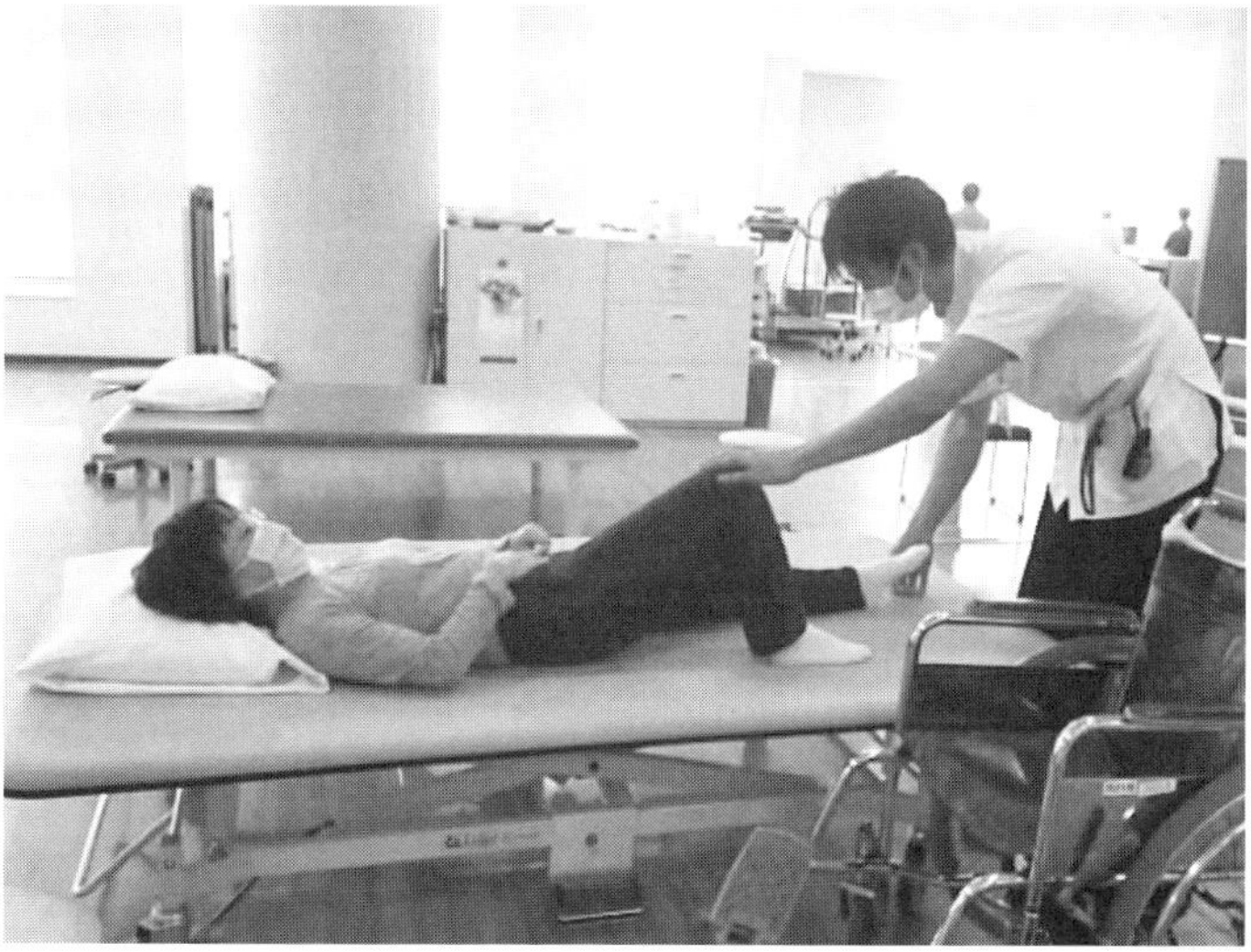

写真10　内田先生による脚のリハビリ

ネタを探しては励ましてくれた。私への最強のヘルパー体験を経て、また、元気に活躍できる日が来るのでは、と予想される。そして、彼女の都合が悪い時は、自分の娘たち（姪）を代わりに送ってくれた。小さい頃、よくなついてくれていた子たちがもう、すっかり頼りになる大人になり、病床の私にたくさん元気を運んでくれた。また、姉は、八十代の両親も連れてきてくれた。特に足の弱っている父は、上京のために、毎日、ウォーキングポールを二本持って、歩行練習に励んでくれたという。公開講座のように内田先生による私の脚のリハビリ（写真10）を見学して、「頑張れよ！」と言葉を残して帰って行った。振り返りながら頭を下げ下げ去っていく父の後ろ姿に、「転倒するのでは……」と、内田先生はハラハラしながら見送っていたそうだ。

十三、家族の支援

土日には夫が次男を連れてきてくれた。買い物、食事、洗濯、掃除……春休み前、いったいどうやって過ごしてきたのだろう？　との私の心配をよそに、子供たちにも手伝わせて何とかやっているとのこと。正にスーパーマンである。しかし、疲れはイライラになって出ている様子。無理して来てくれなくても……と思うが、彼のせっかくの気持ちを踏みにじる気がして言えなかった。子供を連れてくるのも大変なはずだが、次男が私への何よりの見舞いの品と思っているようだった。日曜の午後、私のいる西B病棟510号は、日当たり良好。絶好の午睡室と化す。そこで、父子で一眠りして、おもむろに、帰途に就く。明日からまた一週間、学校に行けるか、と次男のことが心配になる。

そこには先手を打ってあり、母に、モーニングコール係を担当してもらっていた。元中学教師の母は、次男とも、毎朝、一言ずつでも何か話してくれていた。後日、次男が一人で両親の家に泊まってくるなど、ささやかながらも、電話でつながった絆が確認された。次男には、正しさ、速さを求めるてきぱきした関わりより、スローテンポで、多少の誤りは大目に見てもらえる環境が必要なのだとわかった。左麻痺による動きが不自由な私にも彼のテンポは実にフィットした。「今日初めて左手でじゃんけんができたよ」というような私の回復の話を聞いては、「お～!!」と言葉少なだけれど、次男なりの最高の賛辞を返してくれていた。それと、「どんな気持ちだった？」と回復に関する私の気持ちをしきりに聞きたがった。きっと、共体験してくれていたのだと思う。

受験生の長男も、センター試験が終わって一旦来てくれた。医学部志望の彼は受験がどれほど厳しいか、思い知らされたと思う。それなりのモチベーションがなければ、挑むことさえ無意味に思われるほど。丁度、病室のＴＶでＮＫ細胞のことを放映していた。母のこの闘病経験をぜひ、受験のモチベーションに変えてくれたら幸いと願う。写真11は、その時、できる私なりの応援だった。

十四、友人らの支援

今回の闘病には、大勢の友人たちの励ましもあった。特に、二十五年前の妊娠中にＡＶＭ※29破裂を起こした浩代さん。その後の再出血で、左半身感覚麻痺と視野障害を残している。しかし、持ち前の明るさ、生命力と人間力で、幾多の困難を超え、立派に息子さんを育てあげ、私たちとの女子会を楽しむ昨今。彼女が、封印していた当時をひも解くごとく、自分のことのように私の手術を心配してくれた。「よく頑張ったね。今すぐ走って行って、朋ちゃんを抱きしめたい！」とのこと。危機的な状況を超えた同志ならではのことばであった。彼女は毎朝、電話をくれた。他にも、東京で用事があるといっては寄ってくれた友人、先輩、叔父、職場の上司、助手、教会の方々……。後で聞くところによると、手術数週間後に来てくれたＳＴの先輩たちは、変わり果てた私の姿に、かなりショックを受けたそうだ。もちろん

※29　ＡＶＭ（Arteriovenous Malformation：脳動静脈奇形）
脳動静脈奇形は若年者の脳卒中の原因となる病気。正常血管に比べて壁が弱く破綻しやすいため、脳出血、くも膜下出血を起こして死亡、または重い後遺症を生じることもある。毛細血管を通過しない血液は、脳との間で酸素や栄養、老廃物や二酸化炭素の交換ができないため、脳が正常に働けなくなる。このためてんかん発作や認知症状で見つかることがある。

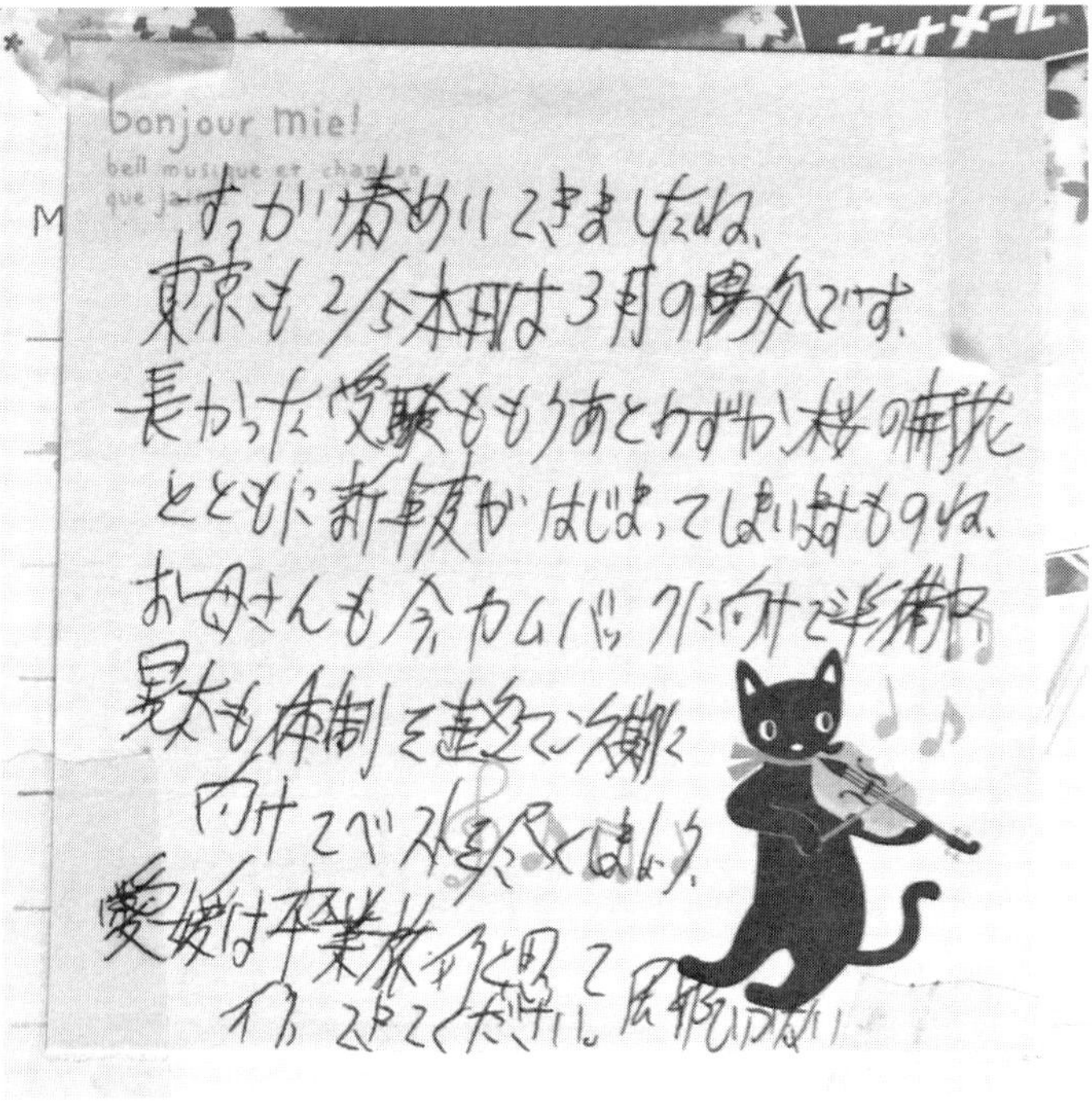

写真11　長男への応援メッセージ

私の前では、微塵もそれは出さず、平静を装ってくれていた。

連日、様々な友人がメールを送ってくれたので、夕方は、その返信が私の仕事であり、リハビリにもなった。左手が使えないため、メールを打つのに不自由した。そのメールは、間違いだらけで、自分でもびっくりするものであった。

また、綿森先生のお声掛けで、東京の「和音」[※30]などで活躍されているＳＴの先生方も、お見舞いに来てくれ、厚生労働省による失語症者意思疎通支援事業[※31]に関する最新情報を届けてくださった。また、綿森先生は、『まさかこの私が』[※32]を書かれた関先生とも繋いでくださり、関先生もご夫妻でお見舞いに来てくださった。関先生は、脳出血で左麻痺など後遺症を持ちながら、大学院教員として復職され、博士課程の学生たちの巣立ちを見届けられている。今は、退職され、講演活動でお忙しいとのこと。ご主人のブログは、饒舌で、社交的なオープンフィールド。その日暮らしの私たちとは文化レベルが違う……と思ってしまうが、それでも、関先生は、その都度励ましメールをくださった。私は、すっかり関先生の妹のような気持ちになっていた。

合唱指揮者として活躍してきた叔父も、入院前には、合唱ステージに誘ってくれたり、東京の教え子のコンサートに来たからとお見舞いによってくれたり、ご自分のがん闘病の経験を語りながら、ずっと励まし続けてくれた。また義母は、私が大好きな手作りの蜜柑をひと箱ずつ数箱送ってくれ、個室の冷蔵庫は、いつも義母の蜜柑でいっぱいだった。

※30　**和音**
二〇〇〇年東京都の有志STが立ち上げた「失語症会話パートナー養成部会」（「和音」の前身）によって、日本で初めて「失語症会話パートナー養成」が開始された。コミュニケーションのバリアフリーを目的に、これまでの活動をさらに発展させ、確実なものにするために、STと失語症者やその家族、支援者（会話パートナーなど）が手を結び、設立されたNPO法人。

※31　**失語症者意思疎通支援事業**
厚生労働省によって、二〇一六年「障害者総合支援法」の中のコミュニケーション支援として、地方自治体の必須事業として「失語症のある人向けの意思疎通支援者の要請と派遣」が位置付けられた。従来、聴覚障がい者への支援のみだったが、今回初めて、「失語症」が対象となったという点で、画期的であるといえる。

※32　**まさかこの私が**
神戸大学大学保健学研究科教授（現客員教授）の出版された、ご自身の闘病記である『「話せない」と言えるまで―言語聴覚士を襲った高次脳機能障害―』に次いで出版された一般向けの闘病記。

十五、細胞検でのシビアな結果

私は、三週間たったら帰るつもりで、四週間目に実習地訪問など、仕事の予定も入れていた。しかし三週間たって出た細胞検の結果は、最悪に近かった。わずかながらステージⅢの細胞が含まれていたため、入院での三週間の放射線治療と五回の化学療法が必要となった。これは、女子医大におけるグリオーマ治療メニューのフルコースであった。すぐ元通りの体で戻るつもりだった私は、ST仲間には、この手術のことをほとんど告げてなかった。参加予定の会合に出られないから、ということで個人メールにて状況を知らせることになった。みんな本当に私の病状を心配し、心情を配慮したメールを送ってくれ、とても励まされた。何とかあの仲間のもとへ復活したい！　と願わずにはいられない思いになった。

十六、放射線療法開始

いよいよ放射線治療が始まった。

計三十回、諸方向からの五回の照射。計十五分。まず、照射位置を固定するためのマスクを作り、照射位置にマーカーをつけ、毎回それをはめて固定して行った。

技師の方たちの手際が良く、信頼のおける雰囲気。～ＯＫ、～ＯＫと専門用語で指示を出し合い、確認しあう。患者には、「順調ですからね。あと○分ほどで終わりますよ」との声掛け。がまんの見通しが持てて、大変ありがたかった。でも、土日休みの三十回は長かった。結局、四月六日が最終日とのことで、この日を退院日とする。歳の割に恵まれているとうらやましがられていた私の頭髪も、さすがに

写真 12　新宿御苑での花見 1

後半は日増しに少なくなっていった。放射線科の看護師Mさんも忘れえぬ方。ユーモアをもって、共感的に支えてくれ、退院後の生活についてなど、具体的な情報をたくさん提供してくださった。

十七、外出・外泊訓練、そして退院

外出は、まず、夫と病院近くのイタリアンレストランに行ってみた。行きだけ歩き、帰りは車椅子。少しの段差は大丈夫だったが、すれ違う自転車が怖い。この後、夫と、都庁で夜景を見ながらディナーをしたり、敢えて階段のある中華の店に行ったり、新宿御苑に次男も連れて花見に行ったり（写真12、写真13）、冒険を重ねつつ、やっと外泊練習にこぎつけた。

この時は、車椅子で、新幹線の特別室を

写真13　新宿御苑での花見２

利用した。予め電話で、車椅子センターに空き状況を確認して申し込み、あとは、新幹線の駅で指定切符を購入する。料金は、通常と同じ。車いすトイレがすぐ近くにあり、駅での乗り降りには車掌さんが手を貸してくださる。でも、退院時には、一般の指定席で帰ることができた。リハビリの先生方のご尽力もあり、補足運動野損傷にしては、かなりゆっくりではあったが、着実な回復が見て取れた。
　四月六日の退院日、病棟では、看護師さん、ヘルパーさんたちが、円陣で見送ってくれ、まるで有名人の退院のようであった！　言葉にならないほどの感謝の思いを胸に、皆さんの見送りを激励と感じながら、夫とともに女子医大を後にした。河川敷の桜も富士山も美しく（写真14）、名古屋までの新幹線は、まるでお花見用列車のようであった。

写真 14　退院後、新幹線の車窓から

第2章
復職を目指して
～リハビリは健やかな毎日の中に～

Ⅲ．在宅～再入院

一、退院はしたものの……

女子医大での急性期の闘いについての高揚する思いを抱いたまま、二か月ぶりに我が家へ。周囲の皆さんに退院を報告し、感謝の思いを伝えた後、家事などぼちぼちはじめていく。夫や息子たちの寝息を聞きながら、私も入眠剤なしで、いつしか眠りにつく。この時のＡＤＬは、ＢＩ（前述）で、95/100（一脚一段の階段のみ、見守り必要ということで－五点）退院時に、病棟の主治医からは、「特別にリハビリをしなくても、家族のために、少し頑張って、家事をすることで、必要な機能を取り戻してもらえばよい」と説明を受けていた。しかし、いきなり、普通の生活が送れるわけもない。家族三人を、朝、六～八時に送り出した後、次男帰宅六時過ぎ（塾があれば九時半帰宅）、夫帰宅九時、長男帰宅九時半とそこまで一人ぼっち。家事をするといっても、出来るのは洗濯と洗濯物を干すことと、食事の支度くらい。疲れやすく、横になったりしていると、歩く機会もなく、誰にも会わず一日が過ぎてしまう。回復のために、こんな環境でいいのか？　と、ふと疑問が生じる。それに、あれだけ回復を支持する声掛け、励ましに満ちた環境から、この孤独……テンションが下がるのが目に見えている。

左脚に起きるクローヌス様[※1]の反応は何？　どんなリハビリをしたらいいか？　左手が浮腫っぽくて、こぶしが作れないが、もしや再発？　こんな風に次々湧いてくる疑問や不安を一人で抱えることになる。本来なら、回復期病院[※2]に転院してまだリハビリを受けている時期。二月一日手術の私には、七月いっぱいくらいその権利があるのだ。

よーし、近くにある私にとっての一次病院である愛知医大でリハビリをさせていただこう。今、ベストを尽くすべきは、機能回復だということに思い至る。また、在宅で、長時間一人でいるのは心理的にも良くない。サポートが受けられる体制が必要だ。リハビリに一人で通いにくいため、行けるとしても週一回くらいになる。愛知医大への再入院は高頻度のリハビリを受けるための特別措置であった。しかし、夫は、がっかりした様子。「自分だけでは不足か……」と。

二、愛知医大への再入院

二〇一六年四月二〇日～五月二〇日、ちょうど、連休を挟むが、脳外科患者として受け入れてもらう

※1　**クローヌス**
手足を急に外力により伸ばしたとき、不随意にリズミカルな筋の収縮運動が現れる現象。

※2　**回復期病院**
リハビリテーション医学・医療では、疾患が発症したり、外傷が発生した直後の原疾患に対する濃厚な治療を要する急性期（約十日から一か月程度）、急性期の後の回復期、在宅や施設での自立を目指す生活期（維持期）の三つの期に分けられる。回復期病院では、リハビリテーション治療のウェイトが最も大きい（発症から約百八十日間）、集中的にリハビリを行うことで活動を最大限に高めることが目標となる。

写真15　病院西側にある立石池

ことができた。その代わり、休みごとに外泊して、自主練習（以下自主トレ）をしながら、退院後の生活を見越して準備していくことになる。女子医大退院時の状態をＩＣＦ[※3]でまとめると、機能障害：左片麻痺（上下肢：ＢＲＳ[※4]Ｖ、左手指Ⅵ）、活動制限：一部の家事（布団の上げ下ろし）、公共交通機関の活用。参加制約：職業休職中。趣味活動中断。環境因子：家族の理解はあるが、本人たちの仕事・学業のため、実質的な支援が受けられない。親戚・友人の支援あり。生協、暮らし助け合いの会加入。個人因子：五十代半ば。女性。キリスト教徒（プロテスタント）であり、よりどころ有り。できれば職場復帰をしたいが、年齢的に、また、内容的に無理にとは考えてない。ＳＴとして、また、言語聴覚士養成校の教員として今回の闘病経験を生かしたいと思っている。将来的には、失語症者のコミュニケーションの場である失語症デイサービス[※5]を開設したいという希望あり。私は、病前、淑徳大学に併設された淑徳大学クリニックでＳＴとして勤務していた。時折、失語症デイと称して、クリニックに外来通院している方々対象に、映画会や、食事会などレクリエーションの機会を作っていた。ちょうどそのようなイメージの内容である。長期目標：職場（現職）復帰。家庭復帰。短期目標：ＡＤＬ自立。家事全般をこなす。仕事関連の会に参加する。

入院時サマリーの下で、リハビリが始まった。四人差額付きの大部屋を希望したところ、十二階窓側。西向きなので、病院の西側にある立石池（写真15）だけでなく、名古屋方面の風景が素晴らしい。晴れた日には、名港トリトン、ＪＲタワーズのみならず、鈴鹿山系も遠望できる。新病院ができてちょうど

※３　ＩＣＦ（International classification of functioning, disability and health）
一九八〇年、ＷＨＯによって作られた障害分類（ＩＣＩＤＨ）がマイナス面を分類するという考え方が中心であったのに対し、ＩＣＦでは、生活機能というプラス面からみるように視点を転換し、さらに環境因子と個人因子の観点を加えている。

※４　ＢＲＳ（BrunNstrom stage）
脳卒中片麻痺の評価として広く利用されている。随意運動が、「随意運動なし→連合反応→共同運動→分離運動→協調運動」のような回復段階をたどるという仮説をもとにしているが、順序通りに回復するとは限らない。

※５　**失語症デイサービス**
介護保険サービスのうち通所介護であり、送迎付きで食事や入浴、レクリエーションを受けられ、身体を動かすことや、仲間ができる社交の場を体験することで、気分のリフレッシュを図り、孤独の解消や、ストレスの軽減を期待することができるが、失語症者の場合、通常のコミュニケーションがとれないため、十分メニューに参加できない、意思疎通が図りにくい、などの問題から、デイサービスへの参加が消極的になりやすい。そこで失語症の方たちだけを集めたデイサービスも各地に誕生している。そこが、失語症者のコミュニティとなって、尊厳、元気を取り戻すことに貢献している。

二周年。素晴らしい眺望と部屋の美しさと広さに、大満足。とても病院という気がしない。休息のためリゾートホテルに滞在している気分になる。ザ昭和！という女子医大とは雲泥の差（女子医大も現在建て替え中）。お見舞いに来てくれた友人らは、今度入院するなら、愛知医大にしようとのこと。病院のPRに多少は貢献できたかもしれない。

でも、食事は女子医大の方が勝っていた。「病院食とは思えない、多種多様なメニューに大満足でした」とコメントを残してきた。満足したのは、メニュー内容だけでなく、ひな祭りには、あられに、その謂れと「一日も早いご快復を心よりお祈りいたします」とのメッセージが添えられるなどの心配りがあったこと。愛知医大も、温かいヘルシーな食事ではあった。女子医大がエクセレントだったのだと思う。女子医大のある日の朝食「クロワッサン、ブルーベリージャム、牛乳、水菜サラダ、フルーツ」、夕食「ごはん、煮込みハンバーグ、筑前煮、菜の花浸し」いずれも、二種からの選択式であった。

三、愛知医大にてリハビリ開始

私は、十一年前まで、愛知医大のSTであったため、まだ当時のスタッフが何人かいた。当時の若手が、今は中核となり、新病院としての大所帯をまとめているという状況だった。私の担当は、リハ医師の指示にて、理学療法は、河尻先生。脳卒中グループの要。医師のみならず、若手スタッフや患者さんからの信頼も厚いようす。作業療法は、脳卒中グループの柳瀬先生。私の退職後の入職だったので、今回初対面だった。ガッツのある、臨床にも、研究にも、教育にも力を入れているぶれないタイプ。私は、知識やキャリア的に信頼でき、気さくに話せる河尻先生、柳瀬先生に担当してもらえて救われた。このお二人を信頼して、もう一ランク上を目指すことにしたい。

脚については、左脚に力をつける必要あり、とのことで、一日、六千歩目標に、万歩計を渡される。このハムストリング[※6]や腸腰筋[※7]（図４）を鍛えると、歩き方に左右差がなくなる、と、目標が明確で、指導が具体的でわかりやすい。退院時に、家族によって家で出来るストレッチなど、河尻先生は直接夫にも手技をご教示くださった。夕方職場帰りにヘロヘロな状態で、スーツ姿のままだけれど、私のために馳せ参じてくれた夫に感謝したい。河尻先生の指導はとてもわかりやすかったとのことだった。

四、補足運動野（前述）疑惑……

補足運動野による麻痺は、一、二週間で回復するといわれていた。三か月たってもまだこの調子……少し焦りを感じ始めていた。補足運動野とは、運動野のすぐ前の皮質（運動前野pre SMA）から、内側（SMA proper）にかけて（前述）。随意的な運動の調整に関わる部位。左側なら、さしずめ、超皮質性運動失語[※8]をきたすことになろう。運動神経経路である錘体路は、直接、運動野から、脊髄後策を通

※６　ハムストリング
下肢後面を作る筋肉（大腿二頭筋、半膜様筋、半腱様筋）の総称。

※７　腸腰筋
大腰筋と腸骨筋、小腰筋の総称で、体幹深部を走行している。股関節の屈曲や外旋にも関わり、体幹の安定性や姿勢に深く影響を及ぼす。足を動かす機能にとっても非常に重要な筋肉。

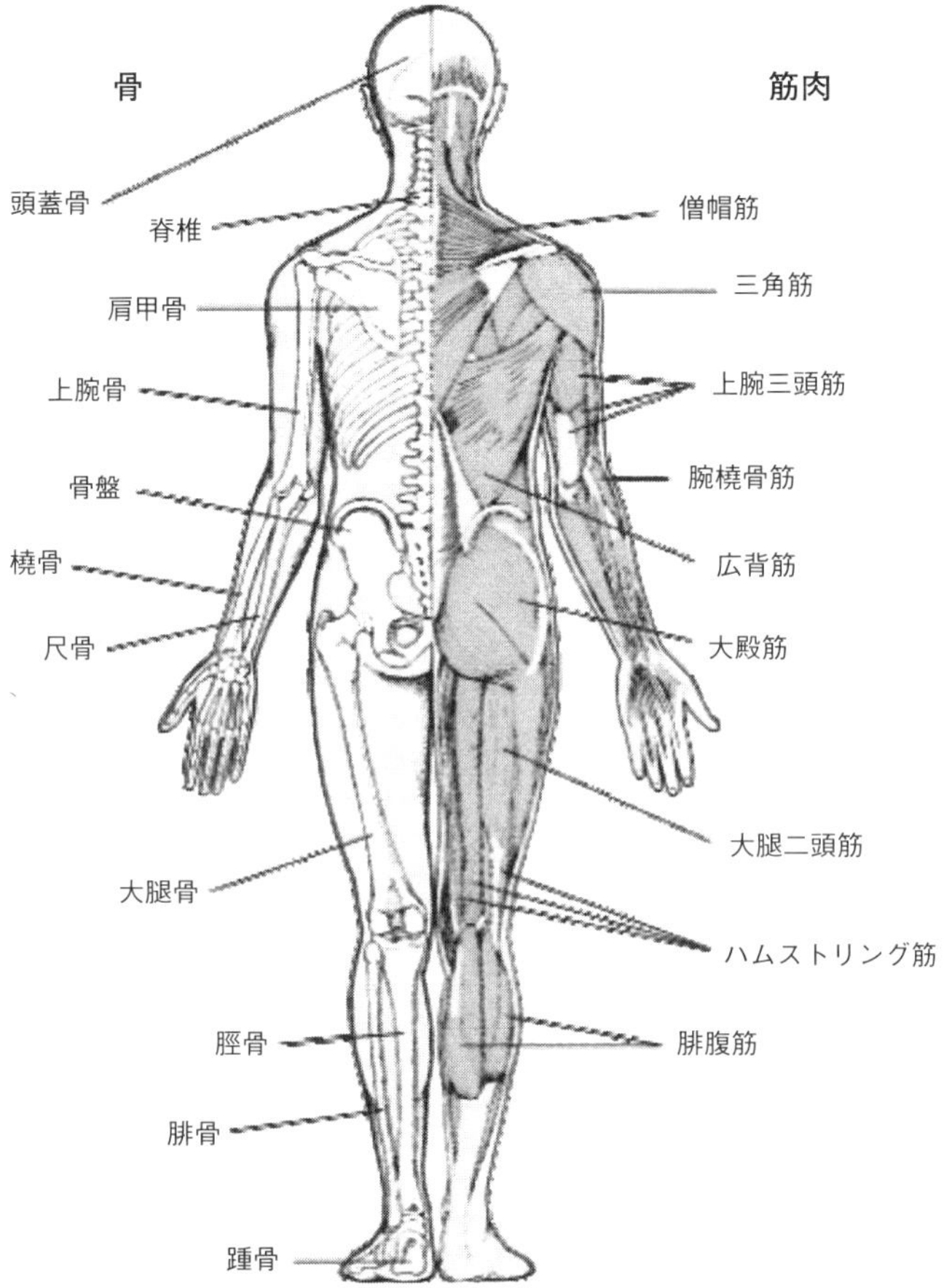
骨
筋肉
頭蓋骨
脊椎
肩甲骨
上腕骨
骨盤
橈骨
尺骨
大腿骨
脛骨
腓骨
踵骨
僧帽筋
三角筋
上腕三頭筋
腕橈骨筋
広背筋
大殿筋
大腿二頭筋
ハムストリング筋
腓腹筋

図４　骨格筋

り、前策に至り、筋肉の動きを支配する回路（次頁図３参照）。私の場合、錐体路の直接的な損傷ではないので、麻痺は速やかに回復すると見込まれていた。確かに、装具は不要（後に転倒予防のため、使用することになる）。健側《けんそく》である右の動きを見て麻痺側も動きやすくなる。ミラー細胞※9が働いていることになる。

左足底に起こる、バビンスキー様の反射※10。また、痙性※11っぽい緊張……。手指はどうか？　T女子医大で作業療法の先生が予測された一か月の期限を超えても、特に肩関節が動いてこない。本当に補足運動野の障害だったのか……と気がかりになった。ネットで検索すると、補足運動野の症例報告があった。「第十三回日本リハビリテーション医学会東北地方会」の会議録。「初診時BrⅠであったが、三週間ではⅥとなり、麻痺の改善を予測し、綿密な訓練プログラムを組む必要性が示唆された」とある。立位での

※8　**超皮質性運動失語**
自発性が著しく低下した非流暢な発話と対照的に良好な復唱及び理解力を特徴とする失語症。

※9　**ミラー細胞**
自ら行動する時同様に、他の個体が行動するのを見ている状態の両方で活動電位を発生させる。他者の行動を自分のことのように感じる共感能力による。前運動野と下頭頂葉が関与する。

※10　**バビンスキー反射**
脊髄を反射弓とする脊髄反射の一つだが、正常時には現れない病的反射である。自身の意志で随意的に足指を反らせない者に対しても反射が起こり得るため、錐体路障害を示唆するものとして信頼度が高い。

※11　**痙性**
麻痺に伴う副作用で、軽度の筋硬直から、重度の脚部運動制御不能まで、各種の痙性がある。症状には筋緊張の増加、急激な筋収縮、深部腱反射亢進、筋肉の痙攣などがある。

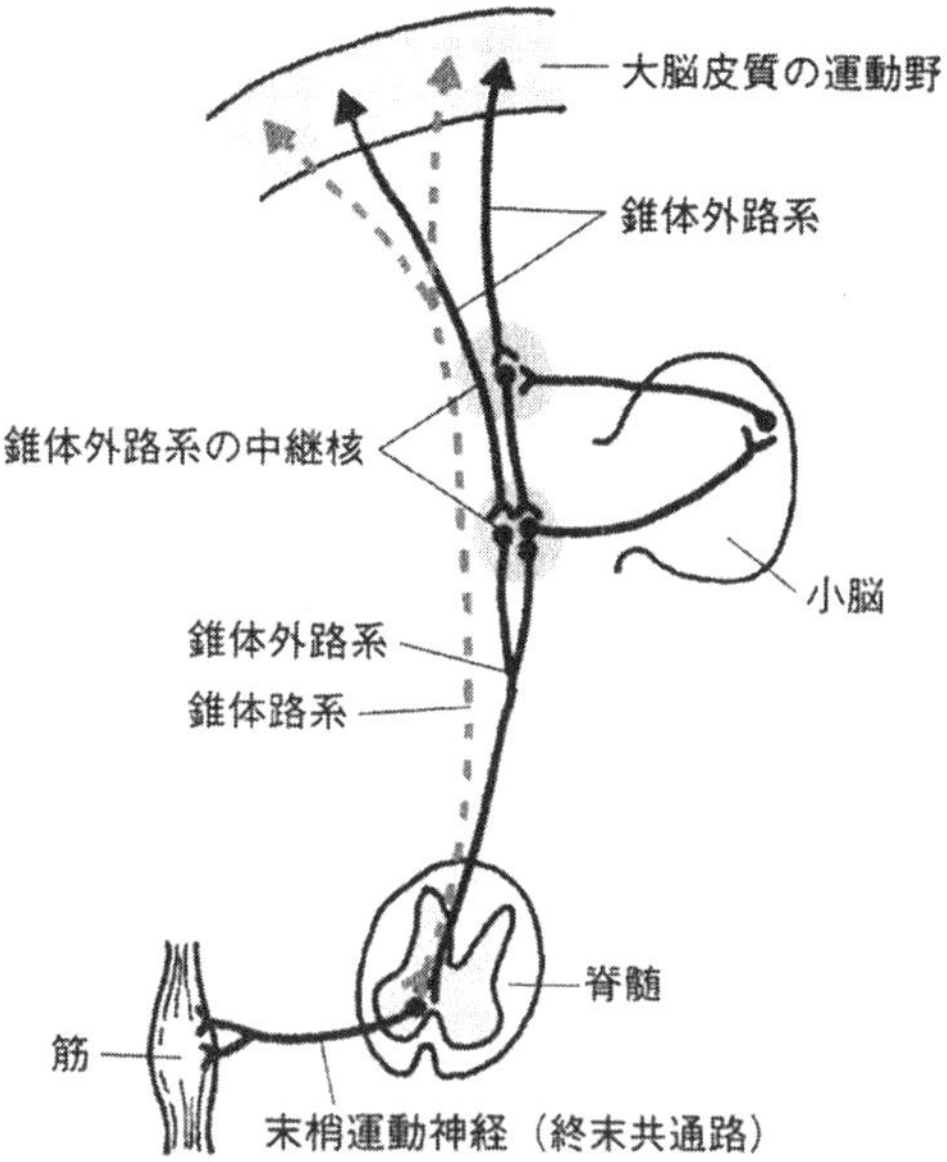

図３　錐体路、錐体外路

靴の着脱困難、自動運動の制御・適切さに欠ける。やはり自分の現状に当てはまる。河尻先生に私の疑念を話してみると、一緒に考えてくれた。結論としては、補足運動野の損傷による回復の枠組みの内にあるが、ネットワークによって、錘体路・錐体外路[※12]（図３参照）などとのつながりがあるため、それらしい症状も出てしまうし、前運動野が含まれている分、回復に時間がかかっていることが予想される。ひとえに、補足運動野損傷といってもも、症状や回復には個人差があるということであろう。損傷部位と症状および、アプローチ方法について症例報告を重ねていただけると、患者としては参考になって、ありがたい。

私はすっかり懐疑的になっていた。回復しないのではないか？　片麻痺を持って生きる？　というにはあまりに心の準備がなかった。私が関わってきた失語の患者さんたちは、利き手側の麻痺とさらに言葉の障害を併発し、その残存症状を持ったまま生活しておられる。それがほとんどの場合、突然、起こった脳血管障害による。なんという、不本意な重荷を背負うことになってしまったことか。それらの無念さを引き受けて、乗り越えてきたその精神力は、並大抵のものではないと、今更ながら思う。私は、ＳＴとして、患者さんに寄り添おうと努力してきたつもりだが、その無念さ、つらさが本当に理解できていたか？　回復が遅い、それだけで、これだけ追い込まれてしまう自分……。急に、患者さんたちとお会いし、話したくなった。

五、患者さんたちへの思い

私は、病前、愛知淑徳大学クリニック[※13]で週一回、臨床をさせていただいていた。主に発症から長く経過した生活期の失語症の方たちで、三、四人のグループが一つ、他に、個人訓練が四人、訪問が一人とわずかばかりの臨床ではあったが、時に学生のコミュニケーションや検査の練習もさせていただいたり

※12　**錐体路・錐体外路**
錐体路と、その他の錐体外路性運動系に大きく分けられる。ともに中枢は脳に含まれ、筋肉に直接作用して運動を起こすニューロンは脊髄前角の運動細胞（前角細胞）である（脳神経は除く）。運動系に含まれる一連の伝導路のうち、より中枢に近いことを上位、中枢から遠いことを下位と言う。

※13　**愛知淑徳大学クリニック**
淑徳大学に医療貢献学部ができる際に併設されたクリニック。耳鼻咽喉科に言語聴覚士、眼科に視能訓練士がいて業務を行っている。実習地として、学生の教育も担当する職務も担っている。

して、教育にも貢献してくださる、貴重な方々であった。少しオーバーな表現ではあるかもしれないが、元来STが本業の私にとっては、この一日が、心躍る充電日でもあった。そして、リアルな臨床経験は学生教育にも生かされていたとも思われる。私の入院の間、クリニックの他のSTに、お一人ずつ引き継ぎ、まずは、数か月つないでいただくことにしたが、その期限も、入院延期や、麻痺に対するリハビリの出現などによって、ずるずると長引いてしまう、という状況であり、クリニックのSTにも、患者さんやご家族にも、ご迷惑とご心配をおかけしてしまった。それでも患者さんやご家族は私の復帰を心待ちにしていてくださるようであった。個別に電話をして、事情を説明したり、実際に、お会いしたりして気持ちがつながるよう努めていた。しかし四年たった現在もなお、諸事情のため、残念ながらクリニックへの復帰はかなっていない。失語症意思疎通支援事業や、会話パートナー養成講座の協力者としてその方たちが参加してくださるときに再会できるのが、私には大変うれしいこと。まるで離れていた家族に再開したような思いだった。

六、バリアフリーについて

心のバリアフリーが必要、とわかっていても、私自身、どのくらい葛藤を感じたか。入院中は良かった。病気であるのが前提だから。退院したらどうなる？　誰も自分のことを見ていなくても、まるで、対人恐怖症のように、皆の視線が自分に集まっているような気になる。そして愛知医大入院中は、院内だから病気には寛容であることを安心してはいるが、歩様（歩き方）と、頭が気になる。担当の先生、看護師はともかくとして、まだ私が、はつらつと活動していたころを知っているスタッフを遠くに見かけると、自然に視線をそらせてしまう。帽子をかぶり、マスクもしているので、ほとんど相手はわからないはずだが、名乗れば、皆さん記憶してくださっている間柄……神経内科や耳鼻科の医師、看護師、看護助手、ＭＳＷ（Medical Social Worker）、自分の心の暗さを思いつつも、あえてバリアを作る。説明が面倒だから、と少し自分に言い訳しながら。

相手が思いやりのある人であればあるほど、「いたたまれない」という表情をしてくれる。この状況の私に普通に会って、普通に話してくれる人は、かなり患者心理に卓越した専門家であると思う。普通のいい人たちの反応を避けるため、私は、自分を明かさないことにする。次のチャレンジは、退院の時だ。ここで、もう一枚ベールをはがすことにしよう。それまでは、余念なくリハビリに専念することが肝心である。

私たちは、失語症者への支援について、ことばのバリアフリーを求めてきた。いざ自分が、患者になり、はじめて、自分の中にも、障害を持つことに対する心のバリアがあることに気付かされた。私の場合、失語症は免れたが、身体に障害を持つことに対するこの心のバリアの分厚さをいやというほど感じることになった。ただ、右脳損傷の私は、言葉で説明できるが、失語症の方たちは、説明するすべがない、思っていることと違う言葉が出てきてしまうため誤解も生じる。正当に自分の思いを理解し、自分の価値を認めてくれる人がどれほど必要かと思う。失語症者の能力を理解し、尊重してくれる会話パートナーの存在を必要とするはずである。

せめて、歩様に左右差がなくなれば……もう少しなんだけど惜しいなあと理学療法士。そこだ！　まず、左のハムストリングを鍛えて歩様がよくなるよう頑張ろう。

七、在宅での困りごと＆受けたい支援

連休中、何人かが、ランチに付き合ってくれた。そのうちの一人が藤田先生。私の話をしっかり聞いてくれて、「転んでもただでは起きない朋子さん。きっと意味ある体験とされることでしょう。回復のお手伝いをします。応援団の一人として」と心強いメールをくださった。そして、会話パートナーの加藤さんとも退院後にお会いすることになった。加藤さんも、しっかり話を聞いてくれ、「先生のために私も何かしたい。お手伝いすることはありませんか？」との問いかけをしてくれた。私は、スポーツジムに通いたいということをお伝えする。送り迎えならタクシーでもＯＫ。送迎ではなく、一緒にやっていただける方を募集したいとお伝えすると、加藤さんは、快諾してくれた。

目下、失語症者の個人支援のシステム作りの最中。私は、失語症ではないけれど、何か個人支援について、フィードバックができるかもしれない、という思いになる。週一回定期的にサポーターに会うことができるという状況はとてもありがたい。少し話したいことがあれば食事などもご一緒させていただけるのがとてもよい。

生協の暮らし助け合いの会では、時給八百円。加藤さんにも雀の涙ほどであったが、謝礼を受け取ってもらうことにする。

この後、加藤さんの都合の悪い日もあり、私は、タクシーを使って、意を決して一人でジムに行ってみる。結果オーライ！　一旦、加藤さんとの通所体験があったればこその自立と思う。スポーツジム通いは、着替えや、チケットのことさえできれば、特に、言葉が必要ではないので、失語症の方も運動障害が重くなければ、自力で出来ることの一つと思われる。実際に学内実習に協力者として来てくださっていたＩさんは、失語症が重くても、運動障害がほとんどなかったため、お一人で、しかも自転車で、名古屋市内のスポーツセンターを何か所も回って、汗を流し、途中、新聞を読みながらお茶を飲むのを楽しみにしておられた。スポーツセンター巡りは、Ｉさんの自己効力感につながっていたことがよくわかった。

八、肩の痛みについて

退院半年後くらいまで、在宅で何が困りますか？　と聞かれると、私は、迷わず「左肩の痛み」と答えていた。肩に限らず、肘も痛く、腱鞘炎かな～と思いつつ、リハ医師の診察を受けたところ「肩手症候群[※14]」と診断された。難治性の痛み症候群だから、決してありがたいものではないのだが、診断名がつ

※14　肩手症候群
肩と手の疼痛性運動制限と手の腫脹（発赤を伴う）・痛みを主徴とする反射性交感神経性ジストロフィー（ＲＳＤ）の一種である。原因の明らかでない特発性のものもあるが、臨床的にみられる本症候群の多くは、片麻庫、心疾患、頚部脊椎症、上肢の外傷などに続発する。

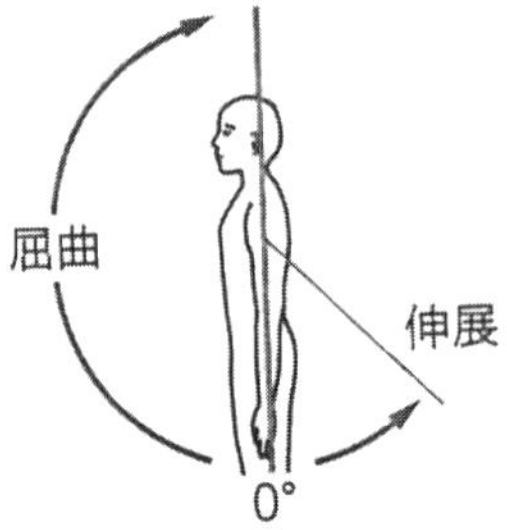

図５　肩関節

くことで、訳が分かり、対応方法が見えてくる。これで、左掌の浮腫や、ヒリヒリ感なども説明がつく。この時点で、肩関節の屈曲（図５）は10度であり、左手がほとんど上がらない状態だった。この痛みのために、両手で行う動作が特に制限され、日常生活にかなり支障をきたしていた。

例えば寝る時も、左手の置き場に困っていた。つまり、手をどこにおいても肩関節が痛いのだ。横向きで体の上に手を置いて寝ると、その手が体からずり落ちる痛みで目が覚める。安眠できない日々であった。

炊事をするにも、左手を調理台に乗せるのが難儀であったため、リハDrが、簀の子でかさ上げをすることを提案してくださった（写真16）。その提案を受けて、すぐ買いに行ってくれる夫……多少楽になったが、今度は、簀の子から落ちるのでは？　という新たな不安が生じてしまった。

他の家事にも移動時にも言えることだが、慌てずよく見てゆっくり行動することだ。

リハ医師からは、ホットパックと痛み止めが処方された。ホットパックは、本当に気持ちよく、安眠できる。その様子をみて、「鈴木さんが、一時でも楽になってくれるだけで、まずは良かったと思います」と作用

写真 16　簀の子を敷いたキッチン

療法士の柳瀬先生。このコメントに、また痛みが緩和される気がした。

九、幸せスイッチとつなぐ方法

　我が家の家事は、夫流に変わっていた。例えば、余ったご飯は冷凍しない。よって、ご飯は完食すること！　私は、冷凍しておき、たまったらそれでチャーハンを作ったりしていた。

　このやり方の違いで、イライラしたり、口論になったり、大人気ないことこの上ない。夫もいっぱいいっぱいなので、つい、愚痴っぽかったり、皮肉っぽかったり。世界が狭まっている私には、十分な火種であった。しかし、こんなことで、エネルギーを費やすのはもったいないことである。寝る前に夫のストレッチ（理学療法士仕込み）を受けながらおしゃべりしたり、横になって寝るまで子供たちと一日の出来事をあれこれ話したりすることは幸せなことだった。

他に、目に見えて機能回復がわかるときも、ハッピーな気持ちになった。よって、きめ細かく自分のできるようになったことを探す。例えば、左手で右手の爪が切れるようになったとか。一人で市バスに乗れたとか。ほっておくと、刻々と近づく復職と残存している機能不全とのせめぎあいで息苦しくなってくる。それに、そもそも麻痺は一、二週間で回復するはずだったから摘出術に踏み切ったのに……などと根本的な問題に立ち返るともういけない。みるみる不安、不信タンクが満タンになってしまう。そんな時は、友人の力を借りる。励ましたり、笑わせたりしてくれる友人と連絡を取る。とにかく、幸せタンクをいっぱいにする方法を自分で編み出さなければやっていけない。

十、高次脳機能障害のこと

以前、大学のオープンキャンパス用に高次脳機能障害バランサーという高次脳機能障害訓練用ソフトを購入した。復職までの間、ほぼ毎日これで脳トレ（トレーニング）を行っていた。まさか、これが、自分のリハビリに役立つ日が来るなんて、全く予想もしなかった。

女子医大では、作業療法にてＢＡＤＳ[※15]とＦＡＢ[※16]とＴＭＴ[※17]をやった。当時、保続的[※18]な症状が自分でも自覚できており、一般的には簡単な、ＢＡＤＳの中の規則変換課題[※19]で引っかかりそうになった。ＴＭＴ Part Bでは、間違えないようにと思い、かなり時間がかかってしまった。

愛知医大でもスタンダードとして何種類か行うとのこと。さっそく、7series[※20]の練習をしようと思うところがほんと小心者である。丁度お見舞いに来てくれた藤田先生に話すと、歩きながら7seriesをすると、最後が、二になったり三になったりしてあれっと思う、とのこと。100－（7×14）＝2が正解。歩きながら計算するという負荷のかけ方は、配分的注意（後述）を鍛えるのにいいかもしれない。

※15　**ＢＡＤＳ（Behavioral Assessment of Dysexecutive SynDrome）**
日常生活における遂行機能の問題を検出するために使用される検査。従来の検査バッテリーでは不十分だった遂行機能障害を、六種類の課題を組み合わせて、総合的に評価できるように作成されている。

※16　**ＦＡＢ（Frontal Assessment Battery）**
簡便に前頭葉機能をスクリーニングすることができる検査。知的柔軟性や、概念化、行動プログラムなどをチェックする６項目が含まれている。

※17　**ＴＭＴ（Trail Making Test）**
注意障害を簡便に評価するために開発された検査であり、数字のみを順につなぐＴＭＴＡと数字とひらがなを交互につなぐ（1→あ→2→い→）ＴＭＴＢがあり、持続性注意、選択性注意を測定する。Ｂでは、前頭葉に関与する配分性注意やワーキングメモリーも必要である。

※18　**保続**
ある刺激に対して出現した行為の全体または一部が、後続の刺激に対して繰り返し出現すること。前頭葉の損傷で生じやすいと言われている。

※19　**規則変換課題**
ＢＡＤＳの下位検査の一つで、二種の規則に各々従えるかを調べる。保続があると、二つ目の規則が一つ目と切り替えにくかったりする。

※20　**7series**
暗算で百から七（繰り下がりが難しいとされる）を引き、その答えから七を引く……と続けていくもので、ＨＤＳ-ＲやＭＭＳＥの検査の一項目として使われている。

愛知医大では、まずMMSE※21とHDS-R※22を行った。MMSEは満点。しかし、HDS-Rでは語想起問題（野菜の名前をできるだけたくさんいう）で減点されてしまった。最近料理や買い物をしていなかったというのは立派な言い訳だ。玉ねぎ、人参、ジャガイモ、キャベツ、キュウリ、レタス……ここで隙間が空き、OTから他に何かありませんか？　ときかれてしまう。つまり、十秒の沈黙があったため、三点減点だ。大根、長芋、サツマイモここでやっと十個。私の頭の中で、何が起こっていたか……それは、ストラテジー※23の探索であった。冷蔵庫の野菜室、ダメ、空っぽ。スーパー野菜売り場、ダメ、最近行ってない。という感じで、一つずつ探すのにずいぶん時間がかかる。正確に言えば、そのストラテジーの穴の中にぼっこんと落ち込み、そこからなかなか出て来れない。切り替えがきかないのだ。左のMCA領域で起きるとされる超皮質性運動失語の方たちは対面呼称※24はできても、語想起※25が苦手、言葉が出てこなくて、頭が白くなるという。その感じに似ていると思う。日常的にも、少し言葉が出にくいとの自覚有り。目標語が出てこないと自分なりに想起のための努力をしていた。五十音系列を用いたり、意味カテゴリーから想起しようとしたり……自分に対するSTである（苦笑）。今回のこのテストのできなさが、がしばらく私の心の傷となってしまった。作業療法士のY先生が最大の配慮を持って接してくれていたにもかかわらず……。自分がかつての自分や、知識として持っている健常者のデータと比較して、勝手に落ち込むのである。ただ、TMTは女子医大で実施した時よりも時間が短縮されていたことは朗報であった。

十一、両手でないとできないこと

Ａ医大を退院した当時、左側の肩手症候群のため、肩の可動域制限（六二頁図５）が著しく、左手をほとんど使わずに暮らしていた。そうすると左側の筋力が低下したまま、たまに使おうとすると、へなへなッと震えてしまう。ホットパックの後本当に丁寧に根気よく、Ｙ作業療法士の柳瀬先生が左肩を動かしてくれて、やっと左手が頭の上に載せられたり……自分のお尻を触われたり……という塩梅。右手のみでたいていのことはできるのだが、しにくいこととそれへの対応は以下のとおり。

①顔を洗う（左側が洗えない）。↓右手で代行する。

※21　**ＭＭＳＥ**
認知症診断のために開発され、三十点満点、十一の質問からなり、見当識、記憶力、計算力、言語的能力、図形的能力などをカバーする。二十三点以下で認知症が疑われ、二十点未満では中等度の知能低下、十点未満では高度な知能低下と診断する。

※22　**ＨＤＳ－Ｒ**
日本で最もよく使われている認知症の簡易検査であり、認知症の中核症状である記憶障害の評価が中心となっている。簡便に短時間で認知症をスクリーニングすることができる。三十点満点中二十点以上で認知症が疑われる。

※23　**ストラテジー**
戦略。方策。ここでは、語想起をするための有効な方法。

※24　**対面呼称**
目の前に提示された物や絵を見て、その名前を言うこと。

※25　**語想起**
指定された方法で言葉を思い出して言うこと。意味的想起「動物の名前」音韻的想起「かがつくもの」があるが、ここでは「野菜」という意味的想起。対面呼称と語想起のメカニズムは異なるとされている。

②ゴミ箱にビニールをかける。↓自分ではできないので頼む。
③ワンピースの後ろファスナーをあげる。↓自分ではできないので頼む。
④靴の紐を結ぶ。↓結びやすい位置で結んでおいてから履く。
⑤メガネをかける、ウィッグや帽子をかぶる。↓一瞬のことなので痛さを我慢する。
⑥パソコンのシフトキーを使った操作をする。↓パソコンの台を低くして押しやすい位置にして行う。
⑦洗濯物を畳む。↓うまくできなくてもふわっとで我慢する。
⑧お皿にラップをかける。↓くっついてしまったのを、後でやり直す。
⑨ご飯をつける。↓茶碗を下方に置いてつける。
⑩書類をそろえる。↓大きめの四角いトレイに入れて、左下角を合わせて斜めにする。
⑩は、Ｉリハ医師から教えていただいた方法である。

十二、かからなかったドクターストップ

二〇一六年六月二八日、外来で初のＭＲＩ。再発している可能性だってある。本当に、ドキドキしながら東京に向かった。後期からの復職を希望しているが、実は自信がない……。ドクターストップを少しあてにしていた。「復職できますかねえ」という私の弱気な声を打ち消すように、主治医の村垣先生は、きっぱりと「大丈夫、復職出来ます。また、我々とコラボ（コラボレーション）しましょう」とまで言ってくださった。でも、前と比べてできないことだらけのはず。いざ復職したら、落ち込みの連続

だろうなと思う。「少しずつ増やしていく方法がいいですよ」と村垣先生。甘んじなければ、割り切らなくては仕事自体無理だ。私は、失語症の全国大会を名古屋で行い、失語症者の生活評価尺度が作れたら、もう、退職しようと思っていたのだから、若手にバトンを渡していくことに何の抵抗感もない。むしろそれがこれからの自分の責務と思っていた。でも、論文と研究はやりかけだ。とりあえず、これをやり切るためにも戻りたい。そして、前からやりたかった失語症デイに、障害を持った皆さんにも関わっていただいてともに楽しむ。まずは、これくらいにゆるく考えていればいいと思う。何をするにも七分くらいの力でできれば良いのだが、全力でやる性分である。必要な時に必要なことがゆっくりじっくりできればよい、と思えたら、今回のような病気にはならなかったことだろう。ひょっとしたら、この生き方は単に性分ではなく、右前頭葉の機能低下の影響もあったかもしれない。限りある命の実態を知らされたのだから、ここらで生き方を変えなければならない。キリスト教的にも、何を優先順位とするかが問われる。そして、信仰を持った、大学教育も経験した言語聴覚士の、さらに障害をもった自分……こんな自分にも、何かできることがあるに違いない、と思うことにする。

第3章
復職はしたものの
～大丈夫！　壁は超えられるはず！～

Ⅳ．職場復帰後

一、復職後の困りごと

二〇一六年度後期、発症（手術）から七か月後に職場復帰を果たした。職場は、私への最大限の配慮ある対応をしてくれていた。半年は会議などに出るだけで、授業開始は二〇一七年前期から。しかも前期は、まず、通常の七割くらいの科目を担当する。春休み明けの授業が開始される時、正直言って気が重かった。まず、研究室（教員のいる研究棟の八階）から講義教室（健康医療科学部、人間情報学部、福祉学部の入った十一号棟三階）が遠い（図6）こと。通常でも、片道二、三分、私の場合、五分以上かかる。授業時間九十分ぶんの資料を運ぶのが大変だった。だから、授業開始よりかなり早く出勤し、前日に準備しておいた資料など持って、教室に行く。前期の間、前述の加藤さんにアシスタントをお願いし、大学で正式に雇用していただいた。それでもやはり、資料を運ぶのが大変だったので、後期からは、学生たちに運搬を依頼してみた。学生たちは、快く応じてくれ、必ず、授業開始十五分前くらいに私の研究室から資料をもっていってくれた。

それから、自分が十分教えられないのでは、ということを危惧して、予習型の授業にしてみた。学生

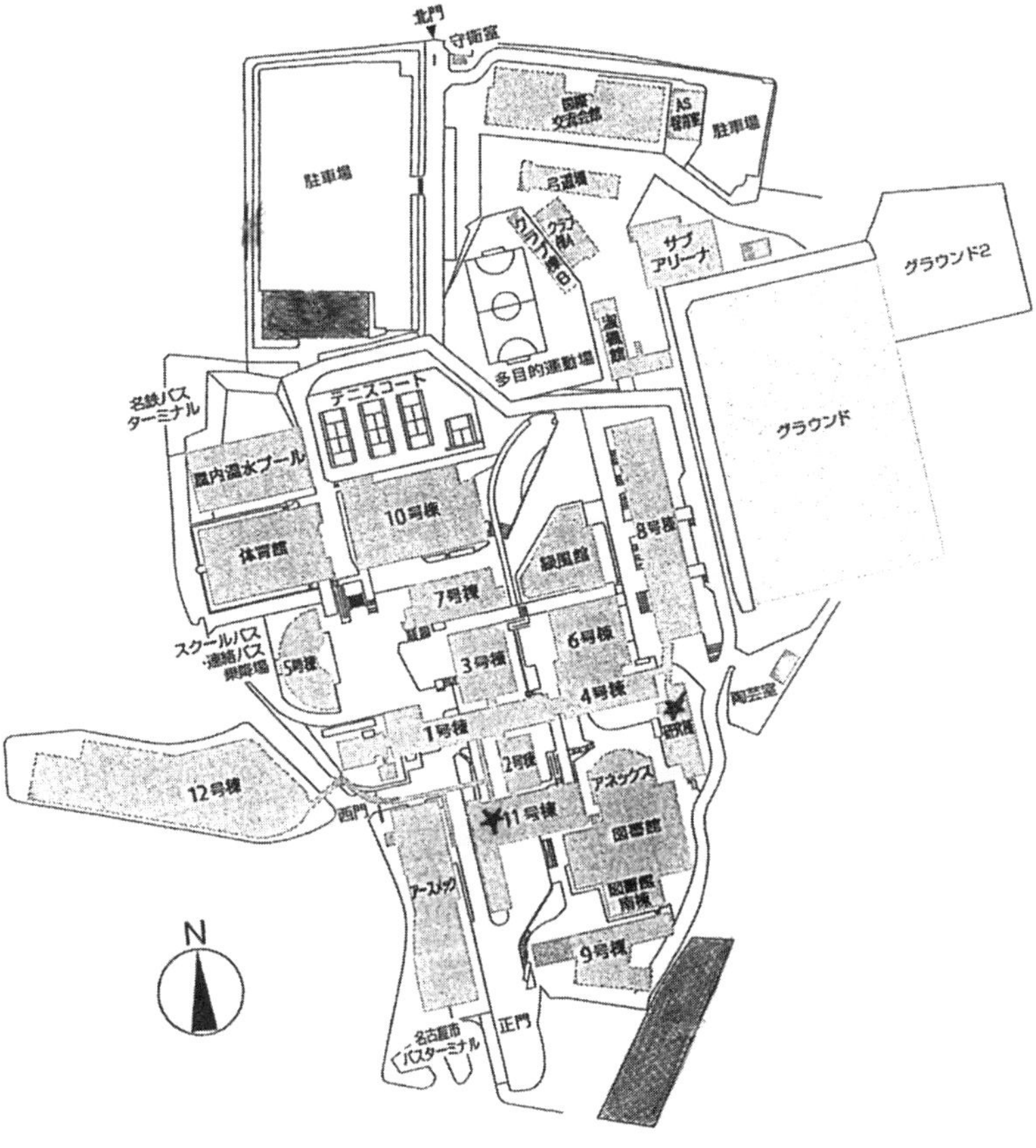
北門
守衛室
駐車場
駐車場
サブ
アリーナ
グラウンド2
グラウンド
多目的運動場
テニスコート
名鉄バス
ターミナル
屋内温水プール
10号棟
体育館
7号棟
8号棟
6号棟
3号棟
4号棟
スクールバス
・連絡バス
乗降場
5号棟
1号棟
陶芸室
2号棟
アネックス
12号棟
西門
11号棟
図書館
図書館
南棟
9号棟
N
名古屋市
バスターミナル
正門

図６　学内見取り図

たちに事前にテキストの授業箇所を読み、準備シートを埋めてくるというレポート課題を提出させていた。これで、教員も学生の理解度などが、把握でき、多少は学生も授業に取り組みやすくなったと思う。しかし、レポートボックスから五十人分の学生たちのレポートを取り出し、まず、揃えることが難儀であった。両手でトントンとレポートをそろえることがうまくできないためである。リハ医師の診察時、この話をすると、そろえるのに大きめのトレイのコーナーを使ってはどうかとのアイデアをくださった（前述）。なるほど、出来ないことでイライラするよりも、一つ一つ工夫してクリアしていけば、建設的だ。この考え方は、仕事だけでなく、家事など何をするときにも適用できた。困難の種類がたくさんあるほど、たくさんの工夫ができるというもの、リハビリにはちょうど良いかもしれない。

この予習型の授業は、毎回事前に私も目を通し、コメントを返すので、非常に時間がかかり、自分で自分の首を絞める感もあったが、一人一人のレベルもよくわかり、学生の評判も悪くなかった。

あとは、出席を取るのに時間がかかった。注意障害[※1]の影響あり、順に呼んでいるつもりだが、同じ名前を二回呼んでしまったり、漏れがあったり……。漏れの方は、呼ばれてません！　と学生の自己申告があったので助かっていた。きっと、学生たちは、出席もろくに取れない教員を心もとなく感じていたに違いない。それでも授業は熱心に受けてくれた。この科目に対する学生による授業評価[※2]は、まずまずの結果で、安堵した。

そして、二〇一七年度後期からフルに授業科目を担当することになった。それでも、時々半日くらいの空き時間はあったので、うまく休みながら勤務することができた。また、研究日を活用して、愛知医大にリハビリや診察で通うこともできた。

ただ、家事、授業準備、何をするにも時間がかかってしまうため、寝る時間がどうしても遅くなる。十二時前に寝られる日はほとんどなく、朝も高校生の息子の弁当作りのため、五時台に起きる。寝不足が日常化していた。今回の病気の原因はわからないが、睡眠不足が関わっていることは確かだと思っている。その二の舞とならないように、日中でも、睡魔が襲って来たら、わずかでも仮眠をとることを心掛けていた。家族もこれを容認してくれていた。

二、歩行時の困りごと

今回の病気をする前には、転倒したことなどなかった。時々転倒して、捻挫をしたり、骨折したりする友人の話を聞くと、なんで平らな所で、雪もないのに転ぶのだろう？　と思っていた。

しかし、病後は、月一回くらいのペースで転んでいた。まず靴が、歩行や転倒に大きく関与していると思う。元来、私は、三〜五センチくらいの頑丈なヒールのパンプスが好みだった。でも、病後、これ

※１　**注意障害**
注意機能が低下した状態。①持続性注意、②選択性注意、③転換性注意、④配分性注意の四つに分類される。注意障害は、責任病巣を局所的に断定することはできず、大脳皮質のいずれの部分が障害された場合でも出現する可能性があるとされる。

※２　**授業評価**
各教員が授業改善に活用する目的で、授業開講期間中に、授業内容、教室の環境、教員の話し方、プレゼン・資料のわかりやすさなど十四項目について、学生から、五段階評価を受ける。コメントが記載されることもある。

らは履けない。それこそ転倒の原因になる。履かないにしても、十足以上のパンプスやブーツを捨てるのがもったいなく、暫くはとっておいたが、数回の転倒後、それらお気に入りのパンプスを一気に捨てるに至った。そして、高価でもオーダーメイドに近い靴を履くことにした。

どういう時に転ぶの？　という質問をよく受けたので記憶に残る転倒について、記載してみる。

1．側溝の蓋に引っかかっての転倒（写真17）

通勤にはリュックを使っていたが、健側の右手にも袋を持っていた。そのため転倒時、右手をつくことができず、左手と顔からいってしまった。しばらく痛みで立ち上がれず、後ろから来られた教員が起きるのを手伝ってくれた。保健管理室に連絡をすると、すぐ来て傷の手当てをしてくれたのがありがたかった。痛みより口のあたりの腫れが気になり、マスクで隠して、授業に臨んだのを覚えている。

2．廊下での転倒

職場は、清掃が行き届いている。床も定期的にワックスをかけていただいているので、キュッキュッと音がするほど。私の場合、それがあだになり、足を踏み出したとき、靴が床に引っかかって転倒した。無傷だったが、派手な音がしたためそばにいた職員が、驚いてとんできてくれ、抱きかかえて起こしてくれた。感謝であった。

3．下り坂の歩道での転倒

自宅から、地下鉄駅近くの眼科まで歩く途中、舗装が途切れた個所が凸凹していたり、マンホールの蓋があったり、決して平たんではない。そのうえ、わずかだが、下りの勾配がついている。歩行速度が

写真 17　転倒した側溝の蓋

速くなってしまい、スピードが殺せない。ガードレールを触りながら、少し体勢を立て直しながら歩いていたが、目的地までもう一息のところで転倒。起き上がるのに手こずっていたら、通りかかった女性が抱き起こしてくれた。そして、この方は親切にも、眼科まで腕を組んで同伴してくださった。見ず知らずの私にこんな親切をしてくれる方がいるのはありがたいことだった。以前の私が同じような状況に出くわして、それができたかどうかは自信がない。

4．満員の地下鉄での転倒

徐々に活動量が増えてきた頃、一人で名古屋駅まで行った帰りのこと。予定より遅くなってしまったため、普段なら、一本見送って、シルバーシートに座るところを、そこに来た地下鉄に乗ってしまった。栄で降りる人も多いため、自分も押し出されて降りる羽目に。アッと思った瞬間、私は、地下鉄からホームに向けて仰向けに倒れてしまった。幸い両脇から抱えられて、地下鉄に戻してもらえたので、またリュックを背負っていたので、特に怪我はしなかったが、後から思い出してもこれが一番危険な転倒であった。助けてくださった方のおかげで命拾いをしたと思っている。これは私の教訓になった。一本送らせてでも混んだ列車には乗らない。やむを得ず、乗るときには、必ず、右手で捕まれるよう、右隅を確保する。と肝に銘じた。

シルバーシートに座っていても、下車するときに慌てると危ない。そこで、最近では、一人で地下鉄に乗った場合、下車駅の一つ前の駅で、降りる側のベストポジションを陣取り、そこで、次の駅を待つ。でも、十回に一回くらいは、その駅で降りると勘違いされ、「おります！」「おります！」と、あわてて道を開けるのを手伝ってくれる人、「おりま～す」と扉から顔を出して車掌さんに叫んでくれる親切な人などがいて一人苦笑いしていた。

ここまで、何度も転倒しても、不思議に殆ど怪我をしていなかった。ただ、一度だけ、右手の骨折まがいの転倒があった。

5．スーパーでの転倒

実習地訪問のための手土産を購入し、左手に菓子折りの袋を持って、駐車場で待っていてくれる夫の車に急いだとき、転倒。多分理由は前述の廊下での転倒に近い。この時は右手をついたのだが、薬指、小指の付け根のあたりが痛い。しかし、実習地訪問にはいかなくてはならず、そのまま処置せずに出かけたところ、やはり痛みが続く。翌日受診をすると、骨折ではないものの、微妙とのこと。結果的に、全治二週間ほどのいわゆる肉離れであった。

いつも大けがからは、守られてきたが、毎回、転ぶたびに歩行がしにくくなっていた。理学療法士によれば、精神的にというより体が反応して、余分な力が入ったりするとのこと。力が入るために、さらに歩きにくくなり、転びやすくなるという悪循環が起きる。従って、出来るだけ転ばないように、という当たり前の結論に至る。数々の教訓を生かしていけばよいのだが、未踏の転倒があるかもしれず……。

職場では、定期的に、産業医の面談が行われていたが、三年たった段階で、「転ばないように！」「足の筋力をつけなさい！」「杖をつきなさい！」と、具体的な指示が出された。

「先生、転倒は今始まったことではありません」とお伝えすると、「あなたのその顔をみると、これは大変だと思いますよ」とのこと。確かにこの面談の一週間ほど前の転倒時に、左顔面を打ち、まだ内出血の跡が残っていた。「これくらいですんでいるからまだいいけど、打ちどころが悪くて、大腿骨骨折などしたら、それこそ全治何か月とかになってしまいますよ」と産業医。その通りである。こうして杖歩行を始めることになった。「転ばぬ先の杖」ではなく、「何度も転んだ後の杖」となってしまったが……。杖を使い始めてから、今のところ、転倒していない。

三、待ちに待った車の運転

病前、多忙な自分にとって、車は生活必需品であった。通勤はもちろんのこと、研究会、講習会、名古屋市内でも、高速道路での移動が常であった。

「鈴木さんは、鶴舞でも、高速で行くんだよね」、と周囲の人たちにあきれられたり、驚かれたり、笑われたり。時間をお金で買うという感覚に近い。

スーパーでのまとめ買いも、車があればこそ。

また、病前は、夫が不在の時でも、自分で運転して両親や、子どもを乗せて高速道路で、富士五湖、上高地、御在所岳に行くなど、レジャー用にも、車が活躍していた。

道路交通法により、痙攣防止薬を飲んでいる状況では車に乗れないと定められている。二年間、痙攣が起きなければ、痙攣防止薬の服薬が不要となる。二〇一四年一一月が初回痙攣だから、二〇一六年一一月まで無事でいけば、晴れて運転再開となる、ということであった。二年間、長いようで短いと思う。一年たった段階で、日記にてカウントダウンを始めた。この間は、ずっとタクシーで移動していた。でも職場まで片道二千～二千五百円もする。とても往復使う気になれず、帰りは、バスや夫の迎えで過ごしていた。

二年を待たずして、女子医大の主治医より、服薬終了が告げられ、車の運転準備許可が下りた。さっそく、自動車免許試験場にて、練習を始めようと連絡を取るが、試験場では、簡単なチェックのみで、練習は各自動車学校にて行うようにとのこと。数か所に問い合わせたところ、ペーパードライバー用のコースがなかったり、あったとしても、かなり先まで予約がいっぱいだったりした。愛知県の場合、病後、運転再開のチェックは平針の運転免許試験場で行うとのこと。主治医からの診断書を持って、勇んで出かけたが、簡単な問診と、簡単な反応チェックのみ。この認知チェック内容は、赤信号と青信号のブレーキ、アクセルの踏み分け、視野の中に、ランダムに目標物が出てくるので、見えたら、できるだけ早くブレーキを踏むという簡単なもの。まずまずの結果でクリアし、運転許可をもらうことができた。自動車教習所での練習は断念したが、やはり技能練習をしたい。そこで、夫にみてもらうことにした。初日、家の周りを一周。翌日、別の長めのコースで家の周りを一周、その後、近所のコンビニ、スーパー、駅、大学、と目標を決めて、左折、右折、信号、駐車を含め、少しずつ距離を伸ばしていった。ただし「雨天の日や夜間は運転しない」、「出来るだけ信号のある広い道を通る」、「人は載せない」、「スピードは出さない」など夫との間で、ルールを作った。しかし、予想通りこのルールは徐々に消滅していく。乗り始めて一か月で、病前同様に職場まで、車で行けるようになった。一番難しかったのは、駐車場ゲートでのカードの出し入れ。車幅感覚がわからず、ゲートから離れすぎてしまうため、ドアを開けてカードの出し入れをしなければならず、不便であった。でも、これらの困難も数週間でクリアできた。三か月で、ほぼ、病前の状態を取り戻し、残すは高速道路……。まずは、名古屋高速など近場から始め、その後、実家まで行くのに使う東名高速などに乗れると良い。しかし、この楽しみは実現することなく、車の運転は、数か月後に終了となった。私が過労気味だからという理由で、職場の産業医（前述）から、「車の運転禁止令」が出されてしまった。車に乗らなければ、さらに過労になる！　と思いつつも、安堵した家族の様子をみて、これで良かったのだと納得してはいる。

四、日常の困りごと

機能障害があると、日常生活では困り事、失敗だらけになる。しかし、私の場合、困りごとに出会ったらいろいろな方法でクリアしてきた。ＡＤＬは、半年足らずで自立した。

入浴も、湯船に入るのが、怖かった。そこで、作業療法室にあるシミュレーションのための浴槽に入って練習し、その後、家庭で実践。手すりが一本ついていたので、右手でそれを持ち、またぐようにして入った。

最初だけ夫に少し介助してもらったが、後は自立。ただし浴槽内に作業療法士の勧めで、一枚ゴムマットを敷いていた。滑るのを防ぐためであった。でも、これも数か月で不要となった。

ほかに着脱も困りごとであった。まず、肩が痛かった時期は、大きめの服しか着れなかった。一度、間違えて小さめのＴシャツを着てしまった時、自力で脱ぐことができず、かといって家族が帰宅するには、もう五、六時間ほど。どうにも困り、鋏で服を切って脱いだこともあった。肩の痛みが取れてからは、左から通せば何でも自力で着脱可能となった。しかし、左右や前後を間違えたり、ボタンをかけ違えたり、四年たった今でも着脱は苦手。恐らく着衣失行[※3]の症状があるのだと思う。もちろん注意していれば間違えないので、日常的には支障となってはいないのだが……。

一番困難に感じていたのは、スケジュール管理だった。ワーキングマザーとして生活するために、時間をかけてでも計画を立てるのは日常的なことだった（半年、ひと月、一週間、一日のスケジュールをＰＣに入れ、それを手帳に転記していた）が、病後は、同じようにやろうとしても、まず時間がかかる。転記するとき間違える。どこに書いたか忘れる。見るのを忘れる等、病前のようには計画が機能していなかった。

最初に驚いたのは、「参議院選挙」。今日はすいているね、と夫と話しながら投票場に行ったのだが、投票日の一週間前であった！　気づいたのは夫だった。

リハビリをとても心待ちにしているのに、受付で、昨日でしたと言われ、ショックをうけたこともあった。病院に早く到着して、喫茶店で時間をつぶしておもむろにリハビリに行くと、時間が違い、もう終了の時間だったりしたこともある。が、過ぎてしまった失敗を悔やむより、そういう状態である自分とどう付き合うかである。夫曰く「その日の朝、一日のスケジュールを確認すれば済むことじゃないか」と。確かにその通り！　ただ、一旦分かっていたことも、また、そこに違う情報が上書きされたりしてしまう……。ＡＩ搭載手帳が開発され、秘書、あるいはマネージャー的に、スケジュール管理も含めて行動を支援してくれる日が来るといいなあと、願ったりしている。

※３　着衣失行
右半球損傷で生じる衣服が着にくくなる症状。運動障害や、衣服の認知の問題は認められないと判断される。

五、ボツリヌス療法※4にチャレンジ！

歩行時左肘が伸びない、左肘が屈曲してしまう、ということをリハビリ医師に相談したところ、緊張を落とすためのボツリヌス療法があるということを教えてくれた。痙性が高い、片麻痺患者さんに人気で、予約は、かなり先になるという。ただし、効果は持続しないのでまた、数か月後にボツリヌス菌を打つことになるという。ずっとボツリヌスグループとして予約し続けていくことになるとのこと。私も手術から三年半後の夏休みを利用して、試してみることになった。ボツリヌス菌を打って、一週間入院してリハビリをすることになった。ただ、月曜休みのため、火曜日から三泊四日……日常から解放され、避暑もでき、集中的なリハビリを受けることができることは魅力だった。リハ医師に上腕二頭筋に二か所、腓腹筋五か所にボツリヌス菌を打ってもらった（五四頁図4参照）。ただ、ボツリヌス菌に頼らず、力を抜いて動かす方法を学習することが大切との理学療法士からの説明に納得し、この入院期間を大切にしようと思った。

筋肉注射なので、それなりに痛いが、耐えられないほどでもない。指にうつ場合など痛くて泣く人もいるという。打った直後から、もう左肘が伸びやすくなり、動かしやすい気がする。少しでも改善が認められると本当にうれしい。ただ、脚の方は少しふらつく感じあり。でも、次第にそれも取れていく。自分としてはリフレッシュの機会となり、この治療は自分に合っていると思ってしまった。でも、大変だったのはこの一か月後だった。

そもそも畳の上に布団を敷いて寝ていた私は、立ち上がるのが一苦労であった。柱をもって、立ち上がるのが常であったが、左足に力が入らない。靴下も滑って転倒してしまった。隣の部屋で寝ていた夫がすぐに気づいて助け起こしてくれたが、夫のパジャマにたくさんの血がついてしまう。どうも私の頭のどこかが切れてしまったらしい。

一体、どこが……と夫が切れた個所を探してくれる。あった、あった。左の後頭葉下あたり。夫にＡ医大プライマリケアセンターに連れて行ってもらうが、そこで四針縫うことになってしまった。局所麻酔をかけるから痛さは和らいでいるはずなのだが、頭を縫うということを思い浮かべるだけで、痛みを感じてしまうのは、私だけだろうか……。でもこれだけでは終わらなかった。

その二週間後くらい。家にパソコンを忘れたため、出勤後、タクシーで取りに戻る。マンションのエントランスに引っ越しのための大型車あり。運転手さんに横の駐車場で待っていてもらい、急いで部屋まで取りに行き、ＰＣをもってタクシーに戻ろうとしたその時、タクシーに向かって前向きに転倒！

額を打ってしまい、多量の出血……。タクシーの運転手さんが斜面に倒れた私を止血をしながら支えていてくれ、その間に、引っ越し業者の方が、救急車を呼んでくれた。すぐ救急車が到着し、またも愛知医大のプライマリケアにお世話になる。道中夫が心配するからと思い、「話せるくらいだから大丈夫！」と連絡する。後で本人に聞いたところによると、やはり、救急隊員からの連絡に驚いた夫は交通

※４　**ボツリヌス療法**
ボツリヌス菌が作り出すボツリヌストキシンと呼ばれるたんぱく質を有効成分とする薬を筋肉内に注射し、痙縮の改善を図る治療法。ボツリヌストキシンを筋肉内へ注射すると、筋肉の緊張をやわらげ、痙縮を改善することができる。

事故か、再発か！と「いよいよお別れかな」と思ったとのこと。さらに、「どんな気分だったか」尋ねると、「そんなのいやだ！」と思ったそう。当の私は、前面が血だらけになってしまった服の替えを頼み、午後からのゼミの学生たちにも連絡を取り、少しほっとして、愛知医大で治療を受ける。左額二針、右額一針。もともと女子医大で三十一針縫っているので、数針などたいしたことはない。しかし、合計三十一＋四＋三＝三十八針……自分の頭がかわいそうになる。これらの転倒が、両方ともボツリヌス療法禍と思っているわけではない。でも、関わりはあるかもしれない。自分がよく効く、つまり効きすぎるタイプであることを覚えておかねば、と思う。今より機能的な改善を目指し、返ってマイナスになってしまうこともある。ＴＶで報道された再生医療[※5]の番組、自分の細胞を四百倍に増殖して、自分に戻す、という方法にもチャレンジしてみたくなる。何とか機能障害を改善させたいと思っているのだ。

でも、日常の中で、こつこつとリハビリを続けていくことが、何より重要である、ということにも気づいている。「まさに、焦らず、慌てず、諦めず……」と希望をもって日々を過ごすことが大切かと思う。

六、魚の目対策

先にも記載したが、足の不自由な者にとって、靴は特に重要と思う。右足（健側）に「魚の目」ができてしまう。こうなると両足が悪くなり、歩くこと自体を避けたくなる。まず、魚の目を直さなくては、ということでもう一か所「Ａ接骨院」にも通所することになった。魚の目は一回で直してもらえ、ほかに、魚の目予防のための靴のサイズについてのアドバイスや、手足のマッサージ、ネイルケアなどをしてもらう。やはり、楽になるためには、リハビリとは違ったこういう視点、手技も併用できるといいのかもしれない。

魚の目予防には、足にぴったり合う靴を履くことが大事とのこと。足のサイズとは、足の長さ、幅、甲の高さが重要とのこと。ゆとりのある靴を履くと歩くとき擦れるため、魚の目や蛸ができやすいとのこと。今までより一センチも小さい靴を履くことになってしまった。でもこれ以降、魚の目はできなくなった。

七、現在の生活

二〇一九年四月現在、高校生の子供の弁当作りで一日が始まる。今日という日も、いつも通り元気に起きられることに感謝しつつ。その後、八～九時、タクシーで出勤、授業準備、授業、会議、雑務という日課を終え、午後六～七時、夫の帰宅に合わせて帰宅。八時間ちょっとの勤務である。現在、原職復帰、主婦業復帰と、退院時の希望はかなえられている。

しかし、再発の恐れあり、左麻痺と、注意障害などが残存しており、時折、失敗もしているが、生きること、働くこと、人と関わること、新しいことにチャレンジすることへの意欲は旺盛であり、全くへ

※５　再生医療
「病気や事故などの理由によって失われたからだの組織を再生すること」を目指して提案された医療技術。よく「根本治療」ということばが使われるが、失われた組織や臓器を根本的にもとどおりにすることを目指している。

表３　身障手帳取得方法

1	名古屋市なら住居区の福祉課で身体障碍者手帳取得の申請用紙をもらっておく。
2	写真を撮って、１を仕上げておく。
3	発症から６ヶ月（障害が固定したと判断される）以降に、主治医に意見書を記載してもらう。
4	主治医が手帳の認定医でない場合、認定医宛に依頼箋を記載してもらう。
5	２と３を合わせて区役所福祉課窓口に提出する。
6	４以降１、２か月後に取得可能。連絡を受けて、窓口に取りに行く。

こたれていない。何より、土台に信仰による平安と希望がある。今の自分の状態をＩＣＦでまとめると以下のようになる。**機能障害**：左片麻痺（上下肢：ＢＲＳⅤ、左手指Ⅵ）、注意障害、**活動制限**：階段昇降、歩行に時間がかかる。転倒予防のため、杖を使用。車の運転はできるが、しておらず、タクシーや公共の交通機関を活用。**参加制約**：原職復帰（科目や公務は病前より減らしてもらっている）。主婦業復帰（家族の支援を受けている）。ＳＴとしての臨床は行っていない。**環境因子**：身障手帳[※6]（表３）は発症から五年たって申請（上肢七級、下肢四級。合計で四級）。おかげでタクシーも一割引き、名古屋市直営の市バス、地下鉄は無料、という特典がある。四人家族。家族（特に夫）の多大な支援あり。親戚・友人・知人との交流や支援あり。遠方の実家で一人暮らし（二〇一七年二月、父が他界したため）をしている母を常に気にかけている。週一回Ａ医大でリハビリ（写真18、19）を受けている。**個人因子**：五十代後半。女性。キリスト教徒（プロテスタント）。言語聴覚士。大学教員。言語聴覚士の養成課程担当。**長期目標**：健康で生きがいとゆとりのある生活。失語症者の社会参加、コミュニティづくりに

※６　**身障手帳**
障害者総合支援法に基づく障害福祉サービスの利用や、障害者総合支援法以外の法律を根拠とする交通運賃の割引、税の優遇措置などにおいて活用される。取得については時間も労力もかかる（表３）。

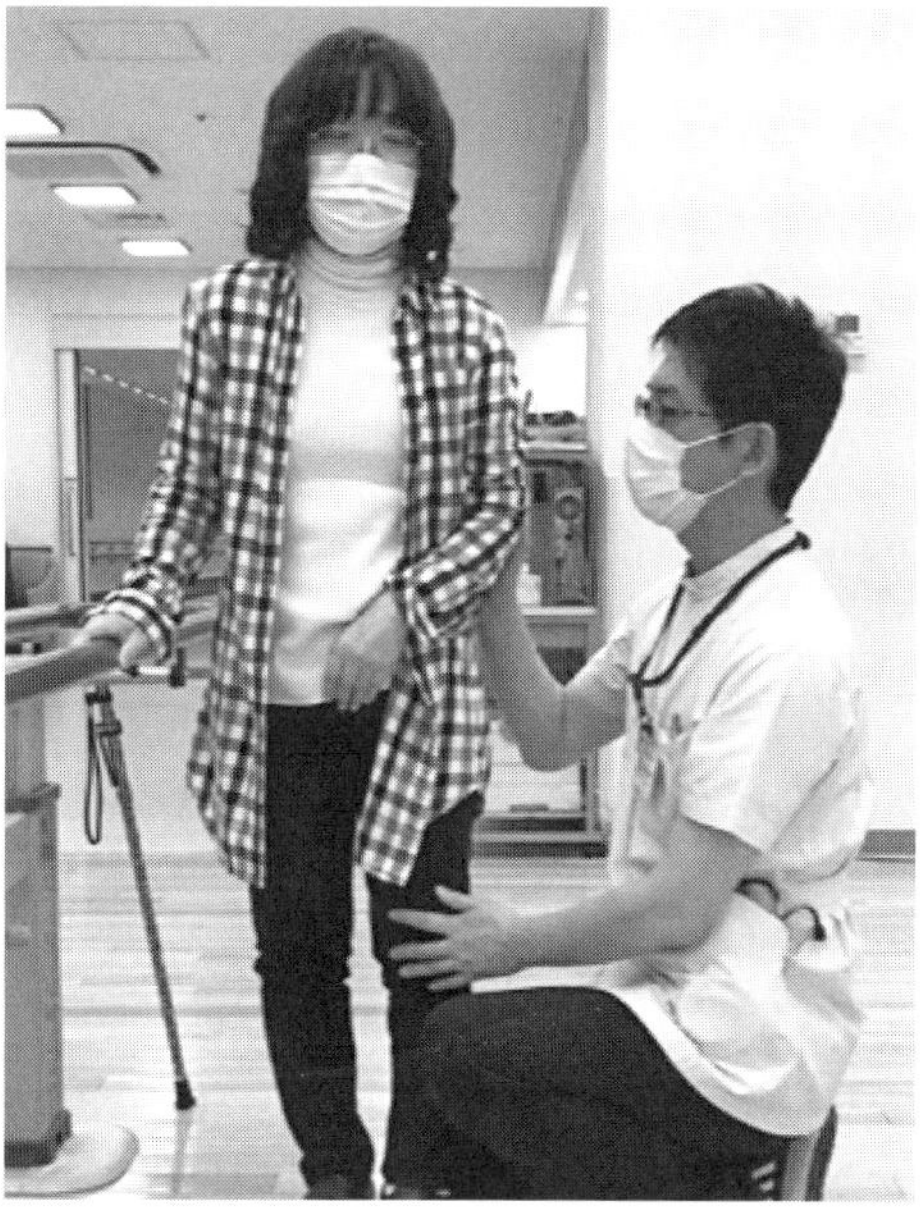

写真 18　リハビリの様子１

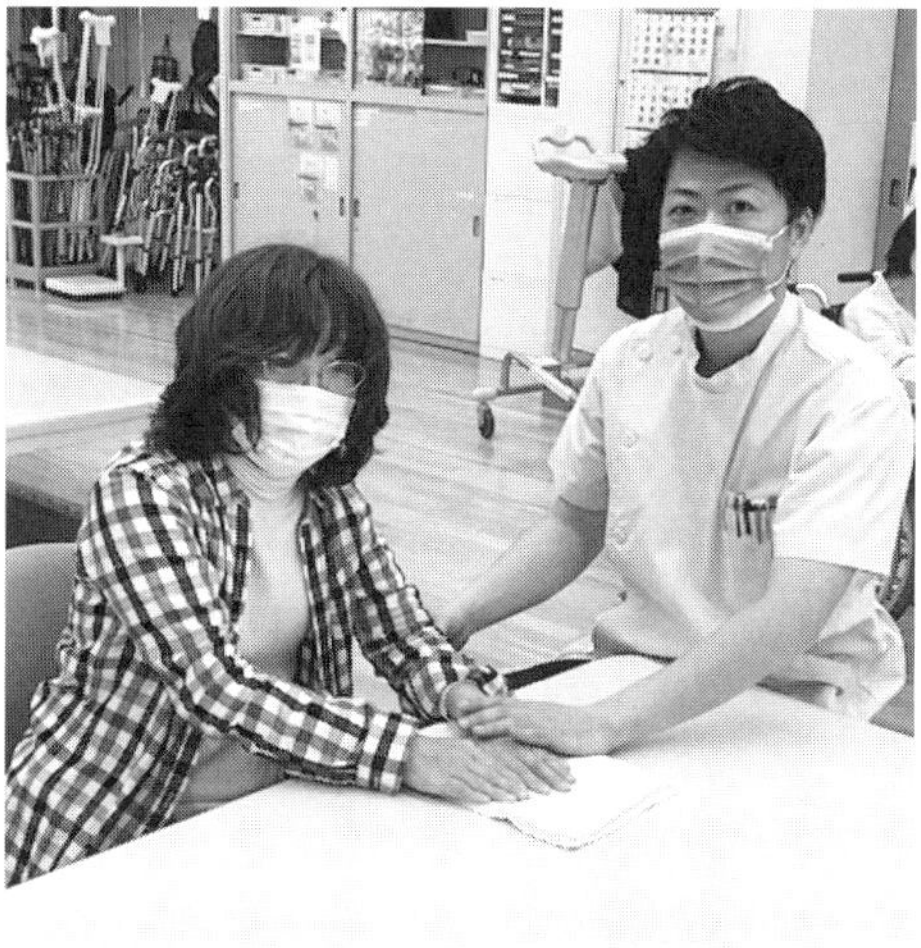

写真 19　リハビリの様子２

貢献する。**短期目標**：失語症者への支援活動の継続（写真20、21）。STとしての臨床を再開する。趣味活動の再開（音楽、旅行、トレッキング）、新しい趣味の開始（料理、水彩画）。

私の場合、まず、「健康であること」、が何にもまして、筆頭に掲げられるべき目標かもしれない。まず第一に、長生きする！　第二に家庭が大事！　仕事はその後！　無理しないでください。とは、つい先日、職場の上司に言われたこと。あまり、自分の人生について、深く考える時間もなく、駆け抜けてきた自分（自称「パンクしたまま走っている車」）であったが、今回の病気で立ち止まって、振り返ったり、周囲を見回したり、今後のことを考えざるを得なかった。まず、振り返って思うのは、「人との関係」に恵まれてきたこと。家族、友人、恩師、STの仲間・先輩・後輩、患者さんとそのご家族の皆さん……。

その時々、色鮮やかな思い出に彩られている。そして周囲を見回して思うのは、まず、大病をし、ハンディを持った私を受け入れてくれた職場のこと。学生たち、同僚、上司、また、治療やリハビリに関わってくださっている先生方、皆さん真心をもって誠実に接してくれている。そして教会でともに祈りあい支えあってくれている兄弟姉妹の方々に対し、感謝の思いが絶えない。でも、まだ終わりではないことを願う。これから、私自身がなすべきこと、やりたいことをもって、生き続け（生かされ）ていくことに、意味があると思う。私にしかできない役割がきっとあると思う。この闘病記も、同じような病気を持つどなたかの参考になれば幸いである。また、これからも様々な困難に出会うに違いないが、大丈夫！　なんとかなる。そして、また、患者の立場から、合理的配慮を求めて、生活上の困難への対応

写真 20　失語症者への支援活動 1

写真 21　失語症者への支援活動 2

法を発信できたら幸いと思う。

あとがき

長男に「どうして、おかあさんは闘病記を書いたの？」と聞かれ、しばし返答に窮した私であった。「他の人にはない、生死にかかわる大きな体験をしたから」同じような病気の方のお役に立てれば幸いという思いが大きいことは確かだ。でも、それだけではない。

書くことで、随分気持ちがすっきりした。大袈裟だが、この数年の日々を書き留めることは自分自身の「生きている証」という思いがある。失ったものの大きさも思うが、今こうして生きていること、が何より大切であるということを実感する。

自分自身のことを赤裸々に描くことは、いわば、人前で、服を脱ぐような気はずかしさもある。自分のおかしさを暴露することは職業的にも不利であろう。でも、ここに闘病記をまとめることで、満足感があり、これからも前を向いて生きていきたい！　という決意のような思いにつながった。

闘病を通し、本当に多くの方々にお世話になったことを再認識することもできた。家族、親戚、医療スタッフの方々（愛知医大と女子医大の医師、看護師、リハビリスタッフ、A接骨院のスタッフ）、職場の上司、同僚、患者さん、学生の皆、友人、知人、教会の方々……再度ここでお礼を申し上げたい。

二〇二〇年春、世の中は、誰も予期しなかった、新型コロナウイルス感染症に生活が揺るがされている。ある意味、効率を、豊かさを私たちが、利己的に追求してきた代償として引き起こした危機的状況であると思う。でも、この中にきっと、意味がある。自国の繁栄にとどまらず、他国と協調して、グローバルな視点で、平和的解決を求めたい。自分自身に何ができるかわからないが、「命」が何よりも大切！　という視点からぶれないようにしたい。「明けない夜はない！」ここでも私は強くそれを願っている。

二〇二〇年四月一日　新年度を迎えた日に

家族の立場より

「お母さんが倒れた」ときいた僕の気持ちは四方にちらばってしまったかのようで、取り乱していた。当時は大学受験を控えた受験生だった。自習室の外に出て、誰もいないソファのある廊下で父からの電話を受けた。あまりにも突然の出来事だったから、夢じゃないか、夢であってくれと念じながら急いで愛知医大のＩＣＵへ向かうと、一見元気そうな母がベッドに寝ていた。このときただただ呆然として何も考えることができなかったのを今でも覚えている。そうして現実を受け入れられずに過ごしているうちに母の闘病生活が始まり、その傍らでの暮らしが日常となった。

手術してからもう四年ほどたった現在も母が元気に暮らしているだけで幸せな気持ちになる。少し大袈裟にいえば、なんでもないこの日常の大切さを感じることが増えたのだ。それがこの闘病生活によるものなのかどうかはわからないが、母のような優しさを周りに分けられるような暮らしをこれからも続けていきたい。いつかコロナ禍が終息したら母が希望する「七つ☆列車」に家族一緒に乗ろう！

長男（大学4年生）　鈴木晃太

参考文献

長谷川賢一編著「高次脳機能障害」（建帛社）

藤田郁代監修「失語症学第2版」（医学書院）

西尾正輝「ディサースリアの基礎と臨床第1巻理論編」（インテルナ出版）

久保俊一「リハビリテーション医学・医療コアテキスト」（医学書院）

愛知淑徳大学guidepost2020

久保俊一「リハビリテーション医学・医療コアテキスト」（医学書院）

関啓子「『話せない』と言えるまで―言語聴覚士を襲った高次脳機能障害―」（医学書院）
関啓子「まさかこの私が―脳卒中からの生還―」（教文館）
大川弥生「『よくする介護』を実践するためのＩＣＦの理解と活用」（中央法規）
ジル・ボルト・テイラー著竹内薫訳「奇跡の脳―脳科学者の脳が壊れた時―」（新潮文庫）
大田仁史・遠藤尚志・失語症家族「対談集　旅は最高のリハビリ！―失語症海外旅行団の軌跡」（エスコアール）
公益財団法人杉浦記念財団「第７回杉浦地域医療振興助成報告集」
武井孝博「しゃべりたいもう一度書きたいんだ！―新聞記者の失語症リハビリ体験―」（ぷらると）

著者紹介

鈴木朋子（すずき　ともこ）

1961年、田原市生まれ。言語聴覚士。愛知淑徳大学健康医療科学部、心理医療科学研究科教授。54歳で倒れ、東京女子医大にて手術。残存する左麻痺へのリハビリを継続中。名古屋大学教育学部教育心理過程にて臨床心理学を専攻後、大阪教育大特殊教育課程研究生として言語聴覚士のための学びをする。一宮市立市民病院、愛知医科大学病院言語聴覚士を経て、2004年より愛知淑徳大学着任後現在に至る。日本大学総合社会情報研究科にて修士の資格取得。失語症者のコミュニケーション・地域参加支援を専門とする。

明けない夜はない
脳損傷からの生還

2021年1月30日初版発行

著作者　鈴木　朋子

発行所　丸善プラネット株式会社
〒101-0051
東京都千代田区神田神保町2-17
電話（03）3512-8516
http://planet.maruzen.co.jp/

発売所　丸善出版株式会社
〒101-0051
東京都千代田区神田神保町2-17
電話（03）3512-3256
https://www.maruzen-publishing.co.jp

編集・制作協力　丸善雄松堂株式会社

装画／古山拓
組版／株式会社 明昌堂
印刷・製本／大日本印刷株式会社
ISBN978-4-86345-477-4 C0036